Collection Detectivarium

Enquêtes en tout genre

Collection dirigée par Joseph OUAKNINE

Edition du bout de la rue ©

Pierre MEIGE

Trop robot pour être vrai

Collection Jeunesse

Edition du bout de la rue

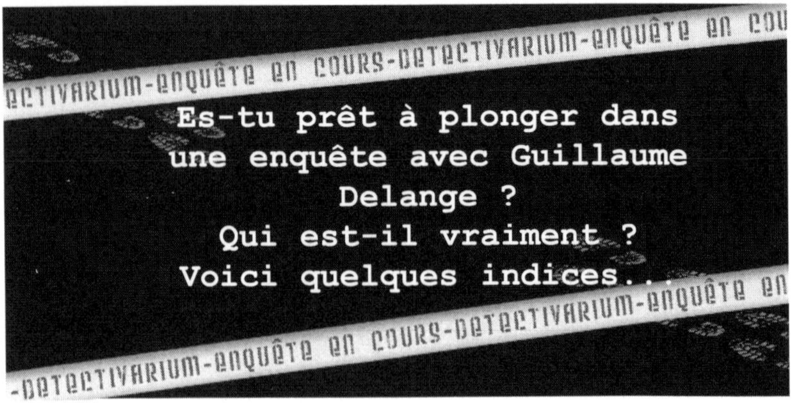

Guillaume Delange, alors qu'il n'est encore qu'un enfant, perd ses parents dans un incendie criminel qui ravage son immeuble. Il fait le serment de devenir policier et de retrouver le coupable de cet acte cruel. À l'adolescence, il s'échappe de l'orphelinat et trouve sur son chemin un objet qui va bouleverser sa vie : une mystérieuse calculatrice, *le pont des anges*(*) qui lui donne la faculté de faire entrer dans son esprit un ange aux pouvoirs étonnants et de le transférer également dans tout autre homme ou animal...

Cet étrange personnage, répondant au nom de Mikajoh, deviendra son confident, son guide et son mentor. Grâce à l'aide de celui-ci, Guillaume réalise son rêve et devient détective. Il ouvre sa propre agence privé afin de mener des enquêtes en tout genre.

Outre son inséparable ange gardien, plusieurs personnages l'aideront dans ses aventures : sa femme Lorette, à l'esprit vif et perspicace, et son fidè le chien Whysk, au flair infaillible.

NDE : *Ceux qui lisent cette collection pour la première fois se rendront compte que les échanges secrets entre Guillaume et Mikajoh sont entre guillemets alors que les dialogues entre Guillaume et le commun des mortels sont précédés d'un tiret cadratin.*

(*) Lire *Le pont des Anges* de Joseph Ouaknine, tome 1 de la collection *Detectivarium.*

Les gens ne se rendent pas compte que les robots vont les remplacer

Bill Gates

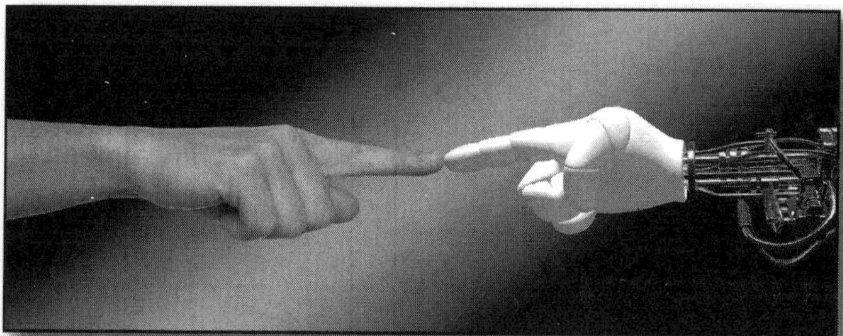

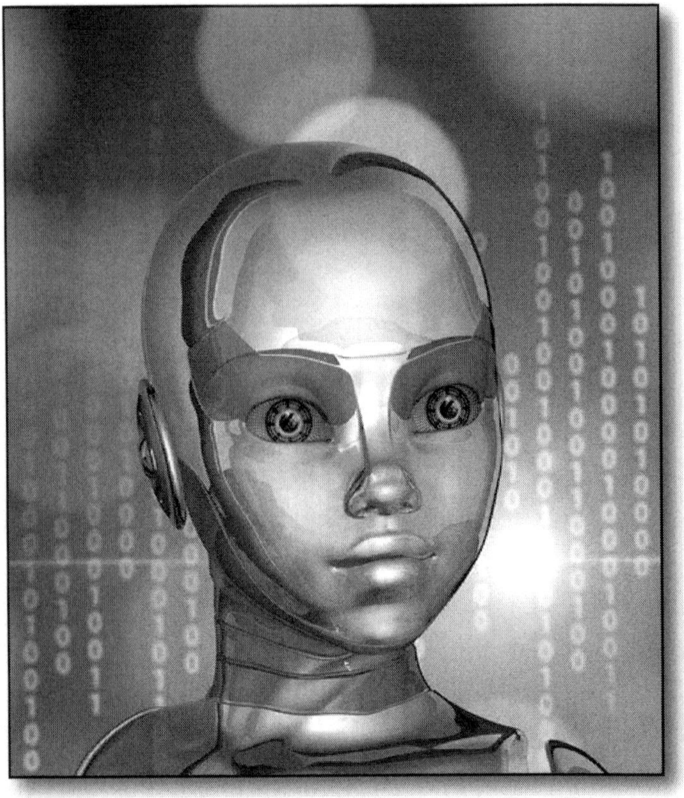

1

L'inconnu de la plage

Quand la lumière du jour se retire doucement et que la nuit enveloppe de son manteau de mystère l'âme balnéaire de Royan, c'est, pour moi, l'heure idéale de partir en virée nocturne sur le front de mer avec Whysk afin de goûter au silence de la plage et apprécier le bruissement de la brise marine claquant sur les tentes de bains de la Grande Conche.

Je me suis arrêté sur un banc pour respirer et écouter la valse des vagues bercée la ville silencieuse. Whysk en a profité pour aller courir après les mouettes sur la plage. Mikajoh a dû suivre la course folle du grand chasseur canin au milieu des oiseaux marins quand il a repéré deux silhouettes qui marchaient le long de la plage d'une façon peu académique.

"Guillaume, mate un peu ces deux-là, ils n'ont pas l'air dans leur assiette !"

J'ai gardé les yeux fermés et je lui ai murmuré un semblant de réponse :

"Laisse le monde de temps en temps marcher à son rythme, Mika."

"O.K., O.K. Si monsieur le grand détective les voyait

grimper l'escalier en s'agrippant à la rambarde comme des pantins désarticulés, il arrêterait d'être en mode veille."

J'ai ouvert les yeux pour voir un pick-up noir aux vitres teintées et pare-chocs chromés débarquer à toute vitesse sur la jetée. Le temps que je reprenne mes esprits, deux colosses cagoulés, genre tortue Ninja, ont bondi hors du véhicule.

Grâce à la lumière des réverbères qui éclairaient le quai, j'étais aux premières loges. L'un des deux types bizarres a sauté de l'escalier et est allé se camoufler derrière une tente. L'autre n'a pas eu le réflexe de se planquer et il s'est fait saisir *manu militari* par les deux costauds qui l'ont soulevé et l'ont jeté à l'arrière du van.

La scène n'a duré que quelques secondes. Impuissant, je n'ai rien pu faire d'autre que d'observer cet enlèvement. La fourgonnette est repartie sur les chapeaux de roues le long de la plage.

"Alors, Mister Detectivarium, vous pourrez écrire dans vos mémoires que votre ange gardien est toujours en mode open."

"Toutes mes excuses, Mika. N'oublie pas de souligner dans ton journal que, même au bord d'une plage d'une station balnéaire au charme romanesque, il n'y a jamais de repos pour un détective."

Nous avons été attirés par les grognements de Whysk près de la tente devant le corps recroquevillé qui tremblait et agitait ses bras dans tous les sens.

Je me suis agenouillé à quelques mètres de l'individu et j'ai rappelé mon chien en lui ordonnant de se tenir tranquille et pris ma voix on ne peut plus apaisante :

— Bonsoir, jeune homme, n'ayez aucune crainte, je ne vous veux aucun mal. Je veux juste vous aider à retrouver votre calme. Que puis-je pour vous ?

L'inconnu s'est redressé et j'ai aperçu ces yeux qui clignotaient dans tous les sens.

— J'ai besoin de me recharger. Il me reste 20% d'énergie. Si vous savez où se trouve la borne électrique la plus proche, emmenez-moi jusqu'à elle.

La tête du jeune homme a pivoté dans ma direction. Il a répété sans s'arrêter d'une façon saccadée : *J'ai besoin de me recharger... 20% d'énergie restante...* en me fixant de son regard étrange.

— Que voulez-vous dire ? Vous avez un appareil médical qui a besoin d'être rechargé ?

— Non, c'est moi... 20% d'autonomie restante. J'ai besoin de me recharger. Prise voiture... Prise voiture...

Les yeux écarquillés devant ce phénomène, j'étais scotché comme si je m'étais retrouvé nez à nez devant un extra-terrestre. Pas d'affolement ! Un détective doit rester zen en toutes circonstances. Même devant ce personnage hors-norme qui me demandait de lui trouver de l'énergie, j'ai gardé mon calme.

— Une prise voiture ?

— Vite ! 15% d'autonomie restante...

"L'urgence, pour le moment, c'est de porter secours à notre bizarre copain, ai-je lancé d'un ton qui se voulait rassurant. On va conduire notre nouveau protégé à la station *autolib*, celle qui se trouve à côté de l'ancien marché."

"Guillaume, c'est quand même le comble pour un ange venu du ciel de te dire que ce petit gars-là, il n'a pas l'air très humain."

Je n'avais pas le temps de me poser des questions sur l'identité de l'inconnu. J'ai aidé ce drôle de bipède à se relever puis l'ai pris par la taille et l'ai guidé dans son ascension de l'escalier. L'inconnu qui devait peser dans les soixante-dix kilos montait les marches lentement, une jambe après l'autre, adoptant la technique de Neil Armstrong débarquant sur la lune. Arrivé sur le front de mer, j'ai pris la direction de l'ancien marché en enserrant mon protégé le mieux possible de mes deux mains. Le clocher de l'église Notre-Dame a sonné la première heure du nouveau jour quand j'ai enfilé la petite rue du Front de mer où les autolibs rechargeaient leurs batteries. À la vue des bornes électriques, l'inconnu s'est redressé et a tourné sa tête mécaniquement :

— Mes capteurs sont compatibles avec ces branchements électriques. Pouvez-vous m'aider à retirer ma prise ?

Le temps qu'il lève son bras droit pour extirper d'un trou dans le tissu de sa chemise quelque chose qui ressemblait à une prise USB, une fourgonnette est arrivée à toute vitesse et a freiné sans ménagement. Deux gros bras cagoulés ont sauté du véhicule et, munis de leurs flash-balls, m'ont fait signe de me mettre à terre.

J'ai retenu Whysk qui montrait les crocs, prêt à sauter sur ces méchants humains.

L'un des deux agresseurs a empoigné sa proie et l'a poussée jusqu'à l'arrière du fourgon.

Avant de m'allonger sur le trottoir, j'ai eu le bon réflexe en une poussière de seconde de mémoriser le logo qui était cousu sur la poitrine droite de la combinaison de mon assaillant. La fourgonnette a démarré à toute vitesse et j'ai parlé tout haut pour éviter de subir les commentaires de Mikajoh.

"*Humano's Fun.* Après ce coup-là, mon Mika, mon mode veille est définitivement désactivé."

En guise de réponse, Mikajoh a marmonné une de ses malicieuses réflexions :

"On a déjà eu affaire à une Dame blanche hypnotiseuse[1] et à un vampire particulièrement sanglant,[2] allons maintenant chasser les méchants vauriens de la science-fiction qui enlèvent de pauvres petits *Humaniques* en manque de courant, comme les appelaient Asimov dans la cité des robots."

"Mika, tu l'as vu bien comme moi, sortir sa prise USB pour se recharger. Cet extraterrestre avec ses yeux qui

---

[1] *La Dame blanche* de Frédéric Jost, tome 22 de la collection Detectivarium.
[2] *Vampire à sang pour sang* de Pierre Meige, tome 18 de la collection Detectivarium

clignotent et sa tête qui tourne à cent quatre-vingts degrés est vraiment hors-norme. Cette nouvelle énigme nous promet d'être complexe et déconnectée de la réalité. Et puis ce logo, c'est déjà une bonne piste. On rentre au bercail et on se met à la recherche des *Humanos robots fun*."

Lorette avait déjà rejoint les étoiles de l'infinie rêverie quand j'ai ouvert avec douceur la porte de la chambre à coucher. Quant à Whysk, il a retrouvé volontiers sa couverture moelleuse et s'est mis à bâiller en s'étirant les membres de plaisir.

Installé derrière mon écran, j'ai lancé le logiciel magique *Robot Face* qui réalise des portraits-robots très précis.

Mikajoh était comme un enfant qui découvre un nouveau jeu de société. À chaque nouvelle image que je faisais glisser pour façonner les traits les plus ressemblants, l'ange se mettait à brailler dans ma tête :

"Rappelle-toi, Guillaume, son nez était beaucoup plus petit. Tu crois vraiment que ses yeux étaient aussi bleus ?"

Après avoir superposé des milliers de morceaux de visage pendant une bonne partie de la nuit, l'image la plus fidèle de l'inconnu de la plage est apparue sur l'écran.

J'étais assez fier de mon travail et surtout de la joie de mon ange gardien qui s'est mis à chanter.

"Maintenant, on va tester mon nouveau logiciel *Capturix Identifial* que m'a rapporté des USA un de mes vieux copains de collège comme cadeau d'anniversaire !"

Le portrait-robot est passé dans le décodeur d'identité du logiciel. Le moteur de recherche a commencé son travail de capture en comparant mon modèle avec des milliers de profils analogues.

"Bingo ! *Capturix* a identifié notre inconnu. Croisons les doigts. J'appuie sur la fenêtre vérification biométrique."

Un visage est apparu sur l'écran suivi d'une biographie de dix lignes concernant ce jeune homme. Je suis resté scotché à la lecture du contenu :

André Levasseur, jeune ingénieur en robotique de vingt-cinq ans, a trouvé la mort l'été dernier après avoir effectué un saut en parachute au-dessus du lac Blanc dans le massif des Aiguilles. Natif de Chamonix, le jeune homme était un spécialiste de ce sport extrême qu'il pratiquait depuis l'âge de seize ans. Son parachute a refusé de s'ouvrir entraînant une chute de plus de mille trois cents mètres qui lui a été mortelle.

J'ai appris que mon inconnu, quand il était encore vivant, était un très grand chercheur en robotique et en développement d'Intelligence artificielle. Le bac scientifique décroché avec mention très bien à l'âge de seize ans, il avait suivi des études dans le domaine de l'ingénierie pour l'énergie et ses recherches l'avaient conduit à imaginer dans quelques années, des robots capables d'assister des chirurgiens pendant des opérations. Ce jeune scientifique était très sollicité par de nombreuses entreprises en robotique et automatisations industrielles et médicales. Il travaillait depuis un an pour une boîte internationale spécialisée en Intelligence artificielle.

"André, le déconnecté de la Grande Conche, n'était pas tout à fait mort en parachute dans ses montagnes natales. Après sa chute, il s'était peut-être rafistolé tout seul en se greffant un cœur artificiel", ai-je pensé dans un mouvement de tête énigmatique.

Mikajoh a continué sur cette belle lancée :

"*De battre son cœur artificiel s'est arrêté.*"

"Tu as bien lu comme moi que notre copain André était un spécialiste en robotique."

"Iron man, Hulk, Spider-Man et les quatre fantastiques, c'est de la science-fiction, Guillaume. Avec André l'extra-terrestre, tout ce que *Marvel*[3] et ses super héros ont pu imaginer dans leurs exploits pour faire rêver les générations d'ados, cela devient de la véritable science."

[3] Célèbre maison d'édition américaine de BD où figurent les superhéros et humanoïdes comme X-men, Spider-Man, Ghost Rider.

"Après sa chute pas si mortelle que ça, ai-je répondu, le nouvel André a eu sûrement recours à la chirurgie robotique. Vu sa dégringolade, il n'a pas pu se bricoler un nouveau corps tout seul. Transplantations d'organes artificiels, changement de cœur... et un coup de batterie plus tard, un André nouvelle génération a débarqué sur la plage de Royan."

Le temps que je remette mes neurones en place, la porte s'est entrouverte sur le beau sourire de Lorette. Elle portait un plateau contenant deux bols de café, un verre de jus d'orange pressé et des toasts grillés.

— Guillaume, il est 7 h du mat. Tu as passé la nuit derrière ton ordi. Quand tu revêts ton regard de beau ténébreux, je devine que quelque chose d'incroyable est arrivé cette nuit, a-t-elle dit en déposant le plateau sur la petite table basse.

Elle s'est penchée ensuite pour m'embrasser tendrement et je lui ai esquissé mon pâle sourire des jours de brume. Tout en avalant mon jus d'orange, j'ai réfléchi comment j'allais lui expliquer de la façon la plus acceptable, la bionique histoire d'André le chercheur déshumanisé.

Je lui ai parlé de la beauté des massifs alpins, des balades en amoureux le long des glaciers en y ajoutant la mésaventure d'André le roboticien. Lorsque j'ai terminé mon exposé, Lorette était déjà convaincue de la nécessité d'aller faire un tour du côté du toit[4] de l'Europe.

[4] Surnom du Mont-Blanc, le plus haut sommet européen qui culmine à 4 810,90 mètres.

2

Trop robot pour être vrai

Le train filait le long de la vallée bordée par les torrents et les chalets en bois typiques qui nous emportaient vers les montagnes savoyardes. L'émotion de Lorette était telle qu'elle a lâché un petit cri de surprise en voyant apparaître dans toute sa splendeur le plus haut sommet d'Europe. Le Mont-Blanc se dessinait dans le ciel dans son manteau de neige éternelle.

— C'est inouï tout ce que nous a offert la nature comme merveille, ai-je chuchoté d'une voix douce à l'oreille de ma belle.

— Et que l'homme du XXIe siècle a intérêt à respecter et à préserver pour sa survie, a renchéri Lorette en se redressant sur son siège. Guillaume, tu es bien certain que l'inconnu de la plage était tout à fait dans la normalité humaine ?

— Affirmatif : il avait un torse, une tête, deux bras et deux jambes. Ça s'est un peu compliqué quand il m'a demandé de le brancher sur une borne électrique. Je ne peux pas te dire autre chose. Il y a eu ensuite l'épisode des deux gros durs qui ont coupé court à notre conversation.

Le train est entré en gare pile à l'heure ce qui était

parfait car j'avais rendez-vous avec un journaliste du Dauphiné libéré une demi-heure plus tard. L'antenne de l'édition du pays du Mont-Blanc se trouvait au centre-ville et notre chambre d'hôtel que Mylène, l'incontournable secrétaire de l'agence Detectivarium, avait réservée par internet se situait dans le même quartier de la vieille ville.

Le charme du décor savoyard de la réception avec ses murs recouverts de bois de sapin où les cloches, les skis d'antan, la luge et la paire de sabots sculptés étaient accrochés avec soin était propice à la quiétude et au bien-être. J'ai laissé Lorette se relaxer sur une chaise longue au soleil sur le balcon de leur chambre avec vue panoramique sur le géant blanc et je suis allé au bureau du journal.

— Oui, c'est moi qui ai couvert l'affaire. Je m'en souviens très bien. C'était en août dernier. Je venais d'être embauché en CDD au journal et comme c'était les grandes vacances, il n'y avait personne de dispo pour grimper à plus de deux mille trois cents mètres dans le massif des Aiguilles Rouges. La victime était un jeune scientifique qui s'était scratché en parachute. Une chute de mille cinq cent mètres au-dessus d'un lac situé à deux mille trois cent trente mètres d'altitude. Mort sur le coup. Son corps a été retrouvé trois jours après par les plongeurs de la gendarmerie de Chamonix.

J'avais tout de suite accroché avec Frank quand je l'avais contacté par téléphone. Et comme le journaliste était enchanté de faire la connaissance d'un vrai détective privé en chair et en os, l'enquête démarrait sous de bons auspices.

Il a sorti du tiroir de son bureau un classeur qu'il m'a confié avec un sourire de satisfaction :

— Vous êtes vraiment un super partenaire, lui ai-je lancé en le remerciant d'un clin d'œil complice.

Le journaliste m'a répondu par une moue embarrassée :

— Ce qui m'a posé un cas de conscience dans cette affaire, c'est la version de la mère du trépassé. Elle n'a jamais cru aux conclusions des experts. J'ai été la voir pour l'interroger à plusieurs reprises. Sa réponse était toujours la même : *Ce n'est pas le parachute de mon fils. Les restes du sac-harnais que les enquêteurs m'ont montré avaient la couleur vert-kaki de l'armée. Mon fils n'utilisait que du matériel sportif de l'extrême avec des voiles aux couleurs jaune-orange pétantes et des harnais fluo. C'était pour que les secours puissent le repérer plus facilement s'il restait accroché à un sapin à l'opposé de l'équipement militaire qui utilise des couleurs sombres pour se camoufler face à l'ennemi.* Hier, quand vous m'avez téléphoné en m'expliquant que vous enquêtiez sur les accidents en parachute comme celui du jeune scientifique, j'ai tout de suite repensé à ce que m'avait confié sa mère. Et mon intérêt a commencé à renaître pour cette affaire dès la première seconde de votre coup de fil.

— Vraiment ? lui ai-je répondu d'un ton caustique.

— Je ne peux pas être plus franc, a répliqué le journaliste d'une voix coupante.

J'ai senti l'agacement dans le regard noir du journaliste. Il a pris son expression la plus malicieuse et a repris calmement la conversation.

— Vous pensez qu'il pourrait s'agir d'un sabotage ?

— Le parquet de Bonneville a ouvert une information judiciaire. Vous verrez en lisant les rapports des spécialistes de la brigade de gendarmerie de l'air que la cause de l'accident mortel la plus plausible est due à la rupture et l'arrachement des sangles du harnais du parachute. Le jeune homme n'a pas eu le temps d'utiliser son parachute de secours car celui-ci a refusé de s'ouvrir et on n'a jamais retrouvé les slings.

— *I'm sorry, Franky, my friend, but what is sling in Frenchie ?*

— Ce sont les sangles qui retiennent le harnais au parachute.

J'ai pris l'accent germanique et d'une voix militaire, je me suis mis à déclamer :

— Sabotage ! Beaucoup trop d'éléments bizarroïdes pour camoufler ce saut fatal.

— Je suis tellement heureux que vous preniez cette affaire au sérieux. Quand j'ai voulu demander quelques explications aux enquêteurs de la Firme *Humano's Fun,* j'ai senti que j'allais avoir de sérieux problèmes si je fouinais un peu trop du côté du matériel défectueux.

— Pourtant, l'enquête est du ressort de la gendarmerie nationale. Qu'est-ce qu'une multinationale vient fourrer ses pattes dans une affaire judiciaire ?

— Oui, en principe... Vu l'état des finances de notre département, lorsqu'une firme comme *Humano's Fun* vient s'implanter là où le chômage est de plus de vingt-cinq pour cent et qu'elle arrose à coups de gros chèques les collectivités locales et sponsorise le club de foot, la raison du plus riche l'emporte sur celle d'un malheureux accident de parachute. Après avoir rendu visite aux employeurs du jeune ingénieur pour en savoir un peu plus sur la cause de l'accident le préfet a téléphoné personnellement à mon boss pour lui parler de l'excès de zèle d'un journaliste qui se permet de douter des conclusions des experts. Mon rédac chef m'a passé un savon et m'a fait comprendre, en deux minutes, que si je voulais garder mon job, j'oubliais ce fait divers. Ma femme attend un bébé, j'ai les traites de la maison à payer...

J'ai interrompu l'explication du journaliste par une virevolte de circonstance :

— Félicitations au futur papa. Pour en revenir à notre affaire, comment avez-vous été accueilli par les employeurs du malheureux ingénieur-parachutiste ?

— Deux types froids comme des glaçons ont répondu à mes questions d'une manière très calculée comme s'ils avaient appris par cœur leur scénario. Ils m'ont répété plusieurs fois d'une façon monocorde, sans laisser apparaître le moindre affect ni la moindre émotion dans leurs regards que le jeune chercheur, comme beaucoup de scientifiques, était souvent dans les nuages et qu'il n'avait pas pris le temps nécessaire à la vérification de son matériel. La firme avait remis en état de conformité les pistes de l'aéro-club local. Les employés d'*Humano's Fun* passionnés d'aviation, de parachutisme et de free-style bénéficiaient de créneaux hebdomadaires pour s'adonner à leurs passions. Le jeune ingénieur, malgré ses années de pratique, n'avait pas respecté les consignes de sécurité. Dans leur rapport, les experts de la firme chargée de l'enquête avaient souligné que le jeune chercheur n'avait pas utilisé son propre matériel qui était en réparation. Il avait utilisé un sac harnais du club sans demander au bureau de l'aéro-club si tout fonctionnait. Leur conclusion était sans pitié : chaque année et malgré de nombreux progrès dans le respect des consignes de sécurité, trente-cinq pour cent d'inconscients sont victimes de chutes mortelles.

Consulter la rubrique
Le parachutisme
à l'adresse suivante :

3

Ludo-geek

Au fait, Guillaume, j'ai complètement zappé de te transmettre cette info : Ludo mon petit neveu adoré doit effectuer un stage en entreprise. Ma sœur Laurine[5] m'a appelé, il y a deux mois, pour me demander si l'agence Detectivarium pouvait prendre son fils pendant une semaine afin qu'il découvre le métier de détective.

— Et j'imagine que tu n'as pas pu dire non à ta sœur.

Lorette s'est parée de son plus fatal sourire en se lovant dans les bras de son détective préféré.

— Merci, mille fois merci. Je savais bien que tu serais d'accord. Je suis si heureuse de revoir mon petit Ludo. Milène a renvoyé les conventions de stage à son collège et notre futur stagiaire arrive par le train de 18 h 45 en gare de Chamonix.

— Lorette, n'en fais pas trop. En toute simplicité, je sais que je dégage un charme fou qui t'éblouit chaque heure du jour et de la nuit mais pour en revenir au stage de ton adorable neveu, mon intuition me dit que tu ne m'as pas tout dit.

— On ne peut rien cacher à un fin limier au flair infaillible. Sa mère m'a appelée au secours quand tu étais à ton

[5] *Un concours semé d'embûches* de Laly Chame, tome 15 de la collection Detectivarium.

rendez-vous avec le journaliste. Pour faire simple, Ludo est un *geek*[6].

— Ce qui veut dire qu'il écume les forums de jeux vidéo toute la nuit et la journée quand il est en classe, il somnole ou il dort.

— Affirmatif. Le professeur principal de Ludo et la psy du collège ont diagnostiqué une perte d'identité du collégien. Ils ont convoqué ma sœur pour lui parler de la cyber addiction dont est atteint cet élève. Si Ludo n'effectue pas un stage en entreprise qui lui permettra de se resocialiser, il faudra envisager une autre orientation.

— Pour faire simple, ton adorable petite graine de geek se retrouvera sans lycée, à la prochaine rentrée des classes, ce qui signifie qu'au niveau scolarité, il sera complètement à la charge de ta sœurette.

— Exactement. Et avant de m'appeler, ma sœur a remué ciel et terre pour lui trouver en vain un stage en entreprise. La plupart du temps, le gamin oubliait de se présenter.

— Et la seule issue pour qu'il soit admis dans un lycée, c'est qu'il ait effectué le dernier trimestre de 3e, un stage en entreprise.

— Tu comprends si vite. Ma sœur était désespérée au

téléphone. Elle m'a suppliée de prendre Ludo en stage sinon il sera exclu du système scolaire et vu les conditions d'exploitation de leur ranch en Ardèche, son mari, Yvan, et elle n'auront pas trop les moyens de payer une école privée.

— Comment le gamin prend-il la chose ? ai-je demandé en prenant un ton très psy.

— Ma sœur est complètement perdue. À force de vivre dans un univers virtuel, Ludo est déconnecté du monde réel et ne se rend même pas compte que son avenir est en jeu.

— Lorette au cœur grand comme le Mont-Blanc, il est l'heure à présent d'aller récupérer *mister geek* à la gare.

[6] *Geek* : Fan de science-fiction et d'informatique qui peut rester scotché des nuits entières devant sa tablette magique.

Quand j'ai débarqué dans le cybercafé, Ludo-Geek n'avait plus du tout l'air d'un zombie déconnecté de la réalité. Concentré comme un trader devant son écran, il pianotait sur les touches de la main gauche et prenait des notes sur un carnet avec l'autre main.

J'ai observé avec une grande curiosité cette petite graine de *hacker*[7] qui avait changé de comportement dès qu'il s'était installé derrière un computeur.

Entouré de la technologie high-tech, Ludo-geek avait retrouvé son regard pétillant de malice que j'avais connu quand on jouait ensemble au Monopoly, il y a déjà quelques poussières d'années, au cours de mon séjour au ranch à Vallon-Pont-d'Arc.

De la gare à l'hôtel, Ludo n'avait pas décroché un mot. Lorette avait tenté de le serrer dans ses bras, Ludo était resté froid comme un glaçon. Il se contentait de répondre d'une moue à chaque question que sa tante lui posait.

"Que vais-je pouvoir faire de ce môme un tantinet sauvage ?" ai-je pensé en regardant l'ado dans le rétroviseur, capuche enfoncée, plongé dans son monde intérieur.

C'est Mikajoh qui m'a sorti de mon tracas :

"L'agence Detectivarium a besoin pour cette nouvelle affaire d'un spécialiste en navigation sur le web qui peut s'infiltrer dans la jungle virtuelle. Et Cyber-Ludo notre stagiaire doit connaître toutes les astuces pour s'introduire dans les programmes informatiques comme celui d'*Humano's Fun* et nous en apprendre un peu plus sur nos amis les robots et en particulier sur notre copain André."

Mikajoh avait vu juste. La patronne de l'hôtel avait donné l'adresse d'un cybercafé à Lorette et dès le lendemain de son arrivée à Chamonix, Ludo n'avait même pas capté le merveilleux paysage qui se dessinait devant ses yeux, tant la mission que lui avaient confiée son oncle et sa tante était pour lui digne d'un de ses jeux de super héros.

[7] *Hacker* : issu du verbe anglais to hack qui signifie découper quelque chose, le hacker est un bidouilleur qui analyse, modifie, pirate les systèmes informatiques.

En fin de journée, je suis allé rechercher le neveu. Il avait pris sa mission très au sérieux :

— Oncle Guillaume, le système de protection d'*Humano's Fun* est en béton armé. Impossible d'entrer dans leur boîte mail ni dans leur serveur. Une véritable forteresse !

Durant le dîner, Lorette et moi lui avions expliqué notre métier de détective. L'ado qui maniait mieux les touches du clavier que les relations humaines était de plus en plus détendu surtout quand sa tante lui a parlé de l'inconnu de la plage :

— Nous avons pensé que tu pourrais passer une bonne partie de ton stage à effectuer des recherches sur les nouvelles technologies innovantes qui vont révolutionner l'humanité de demain.

J'ai poursuivi l'introduction de ma merveilleuse collaboratrice en y glissant une pointe d'humour :

— Pour que ton rapport de stage soit bien dans la norme et la déontologie de ce qu'attendent tes professeurs, l'agence Detectivarium te confie durant tes quinze jours de stage pratique, la mission *d'apprenti chercheur en Intelligence artificielle*. Ça fait un peu prétentieux comme titre mais ça en jette. Tu pourras justifier, pour ton passage en seconde, que toutes les nuits que tu as passées à naviguer sur le Net, elles t'ont servi à envisager un métier dans la recherche en robotique.

Lorette a continué sur l'activité de son neveu au sein de l'agence :

— Pour que tout reste dans l'éthique d'un rapport de stage d'un élève de fin de troisième, tu cibleras les compagnies, agences, laboratoires, start-up spécialisés en cybernétique et en IA[10].

Un cri guttural proche d'un grognement d'ours est sorti de la gorge de Ludo-geek. Après avoir émis quelques sons inspirés des héros de la saga Star Wars, l'ado, main sur

[10] *IA* : Intelligence artificielle.

le cœur, s'est mis à déclamer son engagement envers l'entreprise de détectives :

— Tante Lorette et Oncle Guillaume, vous qui faites partie de la lignée très fermée des distingués justiciers de la DC épris de liberté toujours en quête de débarrasser la planète des supers vilains, je m'associe avec vous mes deux nouveaux super héros, tel le guerrier Chewbacca[8] qui a restauré la liberté dans la galaxie, pour combattre à vos côtés les forces du mal et surtout faire tomber la citadelle *Humano's Fun*. Tante Lorette, je plongerai dans les profon-deurs du *Darknet* pour retrouver mister Andy en tentant de sauver notre planète d'un terrible et redoutable danger. Le justicier Ludo-hacker est désormais corps et âme au service de l'agence Detectivarium.

Les deux nouveaux super héros de Ludo sont restés scotchés sur leurs chaises. Mikajoh a rompu mon silence intérieur en me renseignant, moi, l'éminent détective sur la culture geek :

"Très cher et distingué détective, DC, dans le langage un peu dépassé du XXe siècle de la bande dessinée SF est l'abréviation de Detective Comic's. Elle a été détournée par les nouveaux scénaristes du nouveau courant fantasy-droïde."

"Mika, certes, je ne suis qu'un petit être humain qui ne peut pas se passer d'Internet mais qui n'a pas encore une interface neuronale à la place du cerveau."

"Loin de moi cette avatar pensée et pour en revenir à cette modification uniquement phonétique, en linguistique, l'aphérèse, du grec *aphaeresis, ablation*, est une modification phonétique impliquant la perte d'un ou plusieurs phonèmes au début du mot."

"Pour faire court, tu veux dire que *droïde* est le diminutif ou, plus précisément, pour être dans la tendance cultivée, l'aphérèse d'androïde ?"

---

[8] *Chewbacca* : guerrier légendaire de la saga Star Wars.

"L'androïde est un robot humanoïde, donc une machine construite à l'image d'un être humain, par des firmes spécialisées en robotique comme *Humano's Fun*. Guillaume dis à ton stagiaire que l'on ne joue pas dans un film de comics et que les supers vilains du monde réel sont aussi dangereux, voir plus vicelards que ceux des films fantastiques. C'est plutôt dans notre intérêt que le gosse arrête de bidouiller sur le net avant que les vigiles d'*Humano's* débarquent au cybercafé pour trafiquer son ADN. Cela ferait mauvais genre si sa mère après son séjour chez Detectivarium retrouvait son fils avec un cerveau génétiquement modifié."

"Mon précieux *ovni-ange*, la galaxie t'a doté d'une humanité extra-terrestre. Tu as comme toujours, éternellement raison de te manifester quand tu sens un danger se pointer sur la saga Detectivarium. Tu connais les ados, ils aiment défier les interdits. J'aurai dû être plus prudent quand j'ai demandé à notre star wars stagiaire d'aller glaner des infos sur cette entreprise."

Après avoir cherché le plus subtil plan d'attaque pour ne pas braquer l'ado rebelle, j'ai sorti toute ma panoplie de négociateur. Le regard scellé dans les yeux de Ludo, j'ai pris ma voix sombre de privé de série B :

— Il existe tout autour de nous, des individus qui sont des artistes dans l'art de détruire l'humanité.

— Comme le Joker de Batman ?

— Pire, ce sont des maîtres du crime, des psychopathes manipulateurs qui veulent contrôler nos cerveaux et devenir les nouveaux maîtres du monde.

— Aussi puissants que *le Spectre*[9]?

— Non, Ludo, les supers vilains qui nous entourent n'ont pas de capacité surhumaine extraordinaire. Ce sont juste de méchants petits êtres humains ordinaires qui n'ont ni armures ni masques. Ils sont habillés en costumes cravates

[9] *Le spectre* : personnage de DC comics incarné par Jimmy Courgan, un ancien policier qui peut voler à n'importe qu'elle vitesse.

et planqués dans leurs QG, ils veulent pourrir notre humanité en nous photocopiant à la chaîne pour inventer une nouvelle race de mutants, mi-homme, mi-machine. Et mon flair de détective me dit que ceux qui tirent les ficelles d'*Humano's* font partie de ces promoteurs du nouvel ordre mondial.

J'ai marqué une petite pause pour laisser l'ado digérer toutes ces infos particulièrement hallucinantes. Ludo a esquissé un sourire forcé. J'ai profité du désarroi du gamin pour soigner ma prochaine tirade :

— Tu n'aimerais pas que ta tante Lorette fasse un long séjour en prison ? ai-je lancé avec toute la dramaturgie qu'une telle phrase peut provoquer.

Les yeux larmoyants, l'ado était scotché devant son plat de pâtes. Lorette, le cœur en ébullition, était très gênée par la tournure insolite des évènements. Connaissant mon jeu subtil de talentueux comédien, elle est restée de marbre et son silence a conforté l'atmosphère que j'ai voulue pesante. J'ai profité de ce lourd climat pour expédier ma dernière réplique d'une voix cinglante :

— Selon la loi numérique, l'addition pour piratage informatique est de deux ans d'emprisonnement minimum, soixante mille euros d'amende et la suspension de la licence d'agence de détectives. Donc, mon petit Ludo, il faut que tu passes du mode super hacker en mode gentil collégien stagiaire.

"Je ne connaissais pas tes talents d'acteur dramatique", m'a murmuré Mikajoh.

"Mika, de temps à autre, la génération des *Gardiens de la Galaxie* a besoin de redescendre du vaisseau spatial de Green-Lantern[10] pour retrouver les valeurs humanistes et fraternelles de notre société que *les Gardiens de la paix sur terre* de l'agence Detectivarium sont fiers de transmettre."

[10] *Green-Lantern* : personnage de DC comics qui tire ses super pouvoirs d'un anneau vert.

4

Docteur Machine et mister Robot

Allo, Guillaume ? C'est Frank à l'appareil. J'ai reçu un carton d'invitation pour deux personnes et j'ai pensé tout spécialement à vous.

— C'est très aimable et bienveillant de votre part. Que me vaut cette sollicitude d'un journaliste du Dauphiné à mon égard ?

Le journaliste a marqué une légère pause et a continué sur sa lancée :

— *Robotic's day* ! Une invitation des services de management de la société *Humano's Fun* pour faire connaître aux professionnels de la communication de la région ses différentes activités dans les domaines de l'Intelligence artificielle et toute l'*algorithmania*[11] qui va avec. Une *Robotic's day*, ça ne se refuse pas !

La salle de projection haut de gamme, équipée d'un écran géant et d'une cinquantaine de fauteuils larges en velours rouge avait été conçue sur mesure pour ce genre de grand-messe évènementielle et promotionnelle, orchestrée par la firme *Humano's*.

La fille aux yeux verts amande qui se tenait debout,

[11] *Algorithme* : suite d'instructions permettant à un ordinateur ou un robot d'effectuer une action déterminée.

derrière son micro à gauche de l'écran, un sourire aux lèvres en cœur a attendu que tous les invités soient confortablement installés pour commencer à distiller les infos sur la *Robotic's day* d'une voix douce et langoureuse au débit lent et envoûtant :

— Bonjour à tous, merci d'avoir répondu à notre invitation. L'équipe de management et de recherche du groupe *Humano's Fun* est heureuse de vous accueillir dans notre salle de projection privée. Je suis Bionika,[12] votre hôtesse qui tout au long de ces deux heures va vous dévoiler les activités de notre firme.

La charmante hôtesse a commencé sa belle leçon de présentation en commentant les images de sites nucléaires contaminés qui défilaient sur le grand écran. Des automates *New Age* en véritables virtuoses mécaniques se déplaçaient au milieu de déchets radioactifs et de réacteurs en fusion. Ces ouvriers humanoïdes s'attelaient pour déblayer, aspirer et décontaminer ce désastre nucléaire. D'autres vidéos montraient des villes en ruine où une bande de robots-artilleurs, dotés d'une IA digne de Terminator[13], fouillaient des corps de terroristes, le tout entrecoupé d'images plus soft pour divertir le public. Et la matinée a continué de défiler sur l'écran en compagnie d'une valise robot équipée de deux roues motorisées suivant son *maître* dans un aéroport, de robots domestiques faisant le café dans une cafeteria, rythmée par la voix captivante de la charmante hôtesse.

— Un robot peut travailler vingt-quatre heures sur vingt-quatre et remplir de lourdes tâches qui jusqu'à nos jours étaient allouées aux humains. *Humano's* a pour vocation de réparer les catastrophes et l'Intelligence artificielle permet de vaincre la faim dans le monde, d'éradiquer toutes sortes de maladies comme ce nouveau prototype de robot chirurgien créé dans notre usine digitale pour accomplir diverses opérations chirurgicales et neurologiques. Vous

[12] *Bionika* : prénom dérivé de bionique qui est la contraction de deux mots : biologie et électronique Cette nouvelle science est l'imitation du vivant par des matériaux des machines et des robots.

[13] *Terminator* : robot-star de cinéma, joué par Arnold Schwarzenegger, il est recouvert de tissus charnels et est programmé pour tuer. Voyageant dans le passé, ce tueur cybernétique s'infiltre dans le monde des humains.

pouvez constater sur ce petit film que les bras robotisés de *cyborg-doc* ont une très grande amplitude dans le choix des trajectoires et des gestes ultra-précis pour ce type d'intervention très délicate.

Frank, affalé dans son siège, était littéralement tombé sous le charme de la déesse du marketing. Se relevant de son état d'extase, il m'a glissé à l'oreille :

— Cette fille a vraiment un très grand talent pour parler de toutes ces innovations qui nous rendront la vie meilleure. Moi qui avais des préjugés négatifs sur cette société, je dois avouer qu'après une telle présentation, je vais réviser mes conclusions qui ont été peut-être trop hâtives.

— Et la chute du parachutiste, vous en faites quoi ? ai-je répliqué d'un malicieux susurrement à l'oreille du pigiste.

Le pisse-copie a fouillé dans son esprit pour trouver une réponse logique à ce gros problème :

— Après notre entretien, j'ai relu tranquillement les rapports des enquêteurs. Et en réfléchissant à tête reposée à cette affaire, j'en arrive aujourd'hui à cette conclusion : l'État se désengage de plus en plus de ses devoirs et nous les journalistes, nous avons tendance à diffuser dans l'urgence et le sensationnel nos chroniques sans prendre le temps de vérifier nos sources d'informations.

Il a marqué une pause. Une insistance anxieuse s'est reflétée dans sa voix :

— Pour cette enquête, j'ai été trop tôt influencé par les représentants de la justice et les experts de la gendarmerie. Leur stratégie était simple et bien huilée : ils avaient sûrement reçu des ordres de leurs supérieurs : faire porter le chapeau aux employeurs du jeune ingénieur.

Franck a laissé échapper un rire gêné :

— Je suis tombé dans leur piège. Et je suis vraiment désolé de vous avoir entraîné sur cette fausse piste.

J'ai considéré Frank d'un air pensif. S'exprimait-il avec

sincérité ou s'agissait-il d'une mise en scène bien cybertisée ? La suite de cette affaire s'annonçait des plus irrationnelles.

Franck a continué son mea-culpa en assurant avec un bon bagout journalistique la promo de la firme :

Je suis vraiment très impressionné par tout ce que je viens de découvrir. Moi qui n'avais que des a priori négatifs sur les objectifs soi-disant occultes de cette firme, après avoir vu toutes ces fabuleuses avancées technologiques pour combattre la maladie, la fondation *Humano's* peut compter sur mon soutien médiatique. J'ai déjà pensé au titre de mon prochain article : *Quand l'État se désengage sur la santé de ses citoyens, la firme Hunano's corrige les inégalités de l'humanité.*

— Je comprends bien votre engouement après avoir visionné toute cette belle présentation mais dans quel réel but une entreprise privée injecte-t-elle autant d'argent ? Juste pour améliorer la condition humaine ? Ou pour bidouiller des logiciels dans le cerveau des humains comme nous avons pu le voir sur le grand écran, pour en faire de bons petits robots-sapiens bien serviles ?

Le journaliste a ouvert de grands yeux ronds et s'est mis à articuler une phrase d'une voix lente et métallique :

— Les chercheurs des laboratoires *Humano's* sont de véritables humanistes. Grâce aux aides financières de la compagnie, les chirurgiens assistés de leurs robots ont pu greffer avec une précision et une agilité inégalée des composants électroniques dans le cerveau de grands malades pour corriger les inégalités génétiques.

Frank s'est tourné vivement vers moi alors que je l'observais d'un regard amusé :

— Vous avez constaté comme moi, toutes ces innovations qui vont soigner des millions de nos semblables grâce au soutien financier de cette firme quand l'État ferme des hôpitaux et ne donne plus un centime d'euros pour la recherche médicale.

— Ce que j'ai vu aussi, c'est l'Avatar[14] d'un ingénieur parachutiste qui après son saut fatal, s'est échoué sur une plage de l'Atlantique.

Nos regards se sont croisés. Mon instinct de limier m'a soufflé que tout était virtuellement possible dans la robophonie[15] ambiante.

C'est la voix chatoyante et mélodieuse de Bionika qui a mis fin à la conversation :

— Chers amis, il est temps de vous présenter mon père bionique, mon créateur, mon bienfaiteur l'extraordinaire professeur Machidoc.

Devant les mines ahuries et les yeux exorbités des convives, un quadragénaire au physique sportif, doté d'un regard de faucon a fait son apparition. Il a rejoint sa créature, s'est mis à genou devant elle et à la façon d'un chevalier servant, a baisé la main siliconée que la cyberhôtesse lui tendait à la manière d'une diva hollywoodienne.

— Bonjour à tous. J'espère que vous avez apprécié le talent, le charme et surtout le grand professionnalisme de Bionika, la première fille bionique, celle qui va élargir notre grande famille humaine. Un grand cap pour l'humanité a été franchi et vous en êtes les premiers témoins.

"Machidoc... Doc-Machine : la réalité dépasse la fiction. L'anagramme de son nom lui va comme un gant de fer et de silicone", m'a murmuré avec malice mon ange bienveillant.

Doc-Machine s'est arrêté de parler quelques instants, contemplant l'assistance sous le choc, médusée par ce qu'elle venait d'entendre. Après avoir savouré cet instant, il a enchaîné d'un ton moins solennel :

— Jusqu'alors, les machines de nos grands-mères comme ce compagnon qui a escorté les cuisinières dans leurs travaux culinaires, le robot-Moulinex, étaient affectées à des tâches répétitives. Dans les usines, les robots industriels avec leurs bras articulés ont été capables d'assembler des pièces

[14] *Avatar* : célèbre film de James Cameron qui grâce à la biotechnologie permet de créer un hologramme, une copie parfaite de son être humain d'origine.

[15] *Robophonie,* par extension *robophobie* : peur irrationnelle des robots à mesure qu'ils se répandent dans notre quotidien.

dans la fabrication des automobiles, de manipuler des produits dangereux et tant de travaux répétitifs si pénibles pour l'ouvrier humain sans jamais réclamer un salaire, sans jamais se mettre en grève.

Le public s'est mis à rire de bon cœur. Le doc a esquissé un sourire ironique et a attendu que le calme revienne pour reprendre son raisonnement :

— Je me doutais que ce trait d'humour allait vous faire réagir : tout au long de l'histoire humaine, certains hommes ont fait progresser l'humanité. Mes prédécesseurs ont contribué à changer le monde en améliorant la condition de l'homme. De l'invention de la roue à aube[16] au smartphone, les multiples inventions de ces humanistes chercheurs n'ont qu'un seul but : rendre la vie de nos contemporains plus douce et harmonieuse.

Le doc s'est dirigé vers sa créature et a essuyé la petite larme de métal qui coulait sur le visage de la fille-bionique.

— Ne pleure pas, Bionika. Le jour où nous aimerons notre robot et que notre robot nous aimera est enfin arrivé grâce à toi, ma belle petite fille bionique. Tu es la nouvelle Ève, celle de la nouvelle génération de vivants non humains.

D'un ton qui prouvait le sérieux de ses dires, Doc-Machine a continué, à la façon d'un prédicateur évangéliste, son sermon sur le droit à l'égalité des robots.

— Fini l'ère du robot-esclave, de l'objet programmé que l'on utilise jusqu'à l'épuisement de sa mémoire. Mes amis, vous avez devant vous le résultat de la plus grande recherche au monde dans le domaine de la robotique. Mon enfant bionique est doté d'une Intelligence artificielle qui lui permet d'avoir conscience d'elle-même. Bionika perçoit comme nous autres des émotions, de la douleur et de la joie et tout cela grâce à l'aide financière et humaniste de la Fondation *Humano's*.

Le public s'est mis à applaudir à tout va et des larmes

[16] L'eau est une force naturelle : les premières machines hydrauliques remontent à l'antiquité. Pour puiser l'eau sans trop de fatigue, nos ancêtres égyptiens avaient mis au point des machines élévatrices dotées d'une grande roue à godets qui servait à puiser l'eau et irriguer les champs.

d'émotion ont jailli sur de nombreux visages. J'ai observé dans la pénombre les regards galvanisés par les mots du nouveau messie de la *robolution*. Un signal d'alarme a résonné dans le cerveau de Mikajoh :

"Quand la science commence à abuser de la technologie, les nouveaux docteurs *Frankenstein* comme ce robotisateur s'en donnent à *corps joie* pour couper, scier, amputer, transplanter les pièces du *kit* posthumain."

Fier de son propos, Mikajoh s'est mis à imiter la voix du doc avec un effet comique particulièrement renforcé :

"Sous vos applaudissements, Mesdames et Messieurs, la nouvelle tendance proposée par notre sponsor *Humano's* est de succomber au charme de l'*humano-sapienne* bionique."

"Si mes souvenirs sont bons, ai-je renchéri, Victor Frankenstein le créateur du monstre a été dépassé par la force de sa créature. Sans aucune aide financière et sans aucun sponsor, banni par ses collègues scientifiques, il s'est réfugié avec son monstre dans un château paumé dans la montagne. Les villageois armés de fourches et de charrettes de foins sont montés au château et ont brûlé son laboratoire et sa créature avec laquelle il a fini sa carrière dans les flammes. Voilà la différence entre Franky-Victor et Doc-Machine. La société du XIXe siècle condamnait les savants démoniaques qui transgressaient les lois naturelles en tentant de percer les mystères de l'existence humaine. Au XXIe siècle, Doc-Machine bénéficie de l'appui financier privé et public pour créer ses êtres bioniques.

"Si je suis ton raisonnement, le Doc, sous son apparence de bienfaiteur, veut contrôler le cerveau des humains avec l'aide de ses êtres métalliques.

"C'est pourquoi il est grand temps, pour un ange de ta condition céleste, d'aller faire un tour dans les neurones de Bionika."

"Laisse-moi encore écouter l'oracle du Doc. Il faut que

je m'imprègne de son *Humanoïdité* pour mieux entrer dans les neurones de la belle Bionika."

J'avais lu quelques articles sur ce nouveau mouvement culturel, *Le transhumanisme*[17]. En ce jour de *Robotic's day*, j'avais, en face de moi, le nouveau charlatan-messie de cette mouvance post-moderne. Les mains crispées sur les accoudoirs de mon fauteuil, j'ai attendu le moment le plus opportun pour taper la formule magique. J'ai jeté un regard furtif sur mon voisin qui, la bouche grande ouverte, était dans un état proche du vide mental. Le doc continuait son discours de propagande :

— La Robolution est en marche ! Vous assistez ce matin à la plus grande révolution depuis l'apparition de la vie sur la terre.

Le prédicateur délivrait son message avec des formules savamment cogitées :

— Fini l'époque de l'esclavage artificiel. Les robots-sapiens sont désormais nos amis. Cette nouvelle espèce posthumaine dont Bionika est la porte-parole est née de la fusion entre la technologie et l'Intelligence humaine.

Machidoc avait cette faculté des grands mégalos orateurs de réinventer l'histoire de l'humanité en puisant dans le registre de l'émotion, entraînant son public à adhérer à ce nouvel univers futuriste. Il n'oubliait jamais de citer ses bienfaiteurs à chaque étape de son exposé :

— La fondation *Humano's*, grâce aux dons d'industriels, de stars de cinémas, de la musique et du sport, m'a apporté les moyens financiers pour mettre au point une technique qui donne à cette merveilleuse robot-sapienne le même mouvement fluide et gracieux semblable à celle de nos compagnes humaines. Si vous avez été sensible à sa beauté et sa couleur de peau, c'est grâce à l'aide de notre laboratoire en cosmétique et de ses chercheurs qui ont fabriqué avec des biomatériaux la peau artificielle qui recouvre le visage et le

[17] *Transhumanisme* : mouvement culturel prônant l'usage des sciences et des techniques afin d'améliorer les caractéristiques physiques et mentales de l'humain.

corps de cette nouvelle espèce posthumaine. Je l'ai ensuite modélisée avec nos imprimantes 3D de la dernière génération. Pour que notre charmante hôtesse puisse vous entendre, vous écouter et répondre à toutes vos questions, je l'ai munie d'un système d'IA unique au monde. Les laboratoires de recherches en sciences digitales de notre Fondation sont les seuls à maîtriser cette technologie futuriste.

La voix du doc s'est faite plus grave ce qui présageait de nouvelles informations de la plus grande importance :

— Jusqu'à l'avènement de cette nouvelle espèce, nos équipes de scientifiques avaient développé exclusivement une gamme de robots à des fins militaires. Ces machines de guerre étaient programmées uniquement pour tuer.

Le robotisateur a marqué une pause. Il a eu un instant d'hésitation, a pris une profonde inspiration et a repris d'un ton embarrassé :

— J'ai moi-même participé à la fabrication d'un robot soldat humanoïde surnommé *Yvan le terrible*[18] spécialement conçu pour l'armée russe. Sur le terrain en Lybie et en Syrie, le soldat Yvan a remplacé les combattants humains. Il a détruit des dizaines de bases stratégiques dans des zones de combats là où il y avait des risques de fortes radiations pour les soldats humains.

J'ai analysé le plan mental que le doc avait conçu pour préparer ses convives à la robolution. Derrière cette façade de bienfaiteur de l'humanité, quel complot extrême préparait-il ?

"Wait and see !" me suis-je répété intérieurement en se rebranchant sur le sermon du prédicateur.

— Je peux vous confirmer, à vous autres journalistes toujours en quête de scoops, que le gouvernement français et tout spécialement le ministère des Armées nous a commandé un régiment de *Yvan le terrible*. Cette nouvelle génération de robots combattants autonomes est capable de repérer et tuer un ennemi sans l'intervention de l'homme.

[18] *Yvan le terrible* : tsar russe surnommé le terrible pour son extrême violence et son autocratie sans limite.

Ce n'est pas tout, a lancé sa voix enjouée, grâce à mon équipe unie et soudée par cette quête de dépasser la technologie guerrière, nous avons créé une nouvelle espèce post-humaine. Bionika est cette nouvelle partenaire de l'humanité et vous, mes amis, vous êtes les premiers bénéficiaires à assister à cette fusion entre l'homme et la machine.

« Hôpitaux, usines, foyers, champs de bataille, nos amis les robots sont partout dans notre quotidien pour nous aider et nous protéger. Depuis plus d'une cinquantaine d'années, ils ont accompli toutes les tâches les plus ingrates, avilissantes et dangereuses.

« Aujourd'hui, l'esclave de métal, le serviteur mécanique inculte et asservi a évolué pour devenir cette merveilleuse cyberalliée qui vous apporte la preuve que ça y est : notre civilisation humaine doit intégrer dans nos sociétés ce nouveau peuple du numérique. Chers amis, il est de notre devoir de traiter ces robots-sapiens, non pas comme de simples esclaves qu'on utilisait jusqu'à présent comme des machines jetables mais comme des êtres virtuels à part entière. Il a fallu attendre l'année 2015 pour que le droit français reconnaisse que nos amis les animaux sont des êtres vivants doués de sensibilité et non pas de simples meubles. N'attendons pas des décennies pour intégrer ces êtres virtuels. Fini la société du robot-objet. Une nouvelle cohabitation entre l'homme et le robot-sapiens exige une charte robotique. Voilà le sens de mon intervention que j'ai voulu vous faire partager ce matin. La troisième révolution industrielle a commencé. Vous incarnez les hommes et les femmes du futur. Mes amis, je vous invite à vous lever et à entonner avec moi ce nouvel hymne de fraternité.

La main sur le cœur, Machidoc s'est emparé du micro et à la manière d'un prêcheur évangéliste, il s'est mis à chanter en gesticulant de tout son corps appelant l'assemblée à reprendre avec lui ses mots récités comme un rappeur :

— *Viva la robolution Robot, robot robolution. Abolitation de l'esclave de métal.*

La salle s'est levée et les fidèles ont applaudi chaleureusement en reprenant en chœur dans le plus pur style d'un office religieux, les mots du rappeur robophone :

Euro euro eurobotisation Viva viva la robolution !

Frank dans un état de sueur et de transe a braillé dans mon oreille :

— C'est vrai que l'exploitation de la main d'œuvre robotique est une grande injustice envers nos frères et sœurs de métal.

Puis reprenant le slogan de son nouveau gourou, le journaliste a levé les mains vers le ciel :

— Non à la maltraitance des robots. Abolition de la traite et de l'esclavage de nos frères et sœurs de métal. Viva la robolution !

J'ai opiné du chef et complété l'incantation par un trait d'humour :

— Robot. Robolution. Robotisation. Attention, mon petit Franky : à force de nous robotiser la vie, ne devenons pas à notre tour esclaves des robots.

Le journaliste n'a pas relevé le propos et a continué à chanter et claquer des mains en gardant les yeux fixés sur le charismatique chef de chœurs qui d'un mouvement de bras a stoppé net la ferveur de cette chorale improvisée.

— Mes frères et sœurs de l'ère posthumaine, vous pouvez, à présent, vous désaltérez au bar où Tétrobo et Droîdana, nos deux cyberbarmen sont à votre entière disposition pour vous offrir des boissons rafraîchissantes.

Frank, le regard halluciné, s'est levé d'un bond et a suivi les autres invités qui se dirigeaient vers le bar. J'en ai profité pour m'entretenir avec mon ange avant que la Robot-Party ne démarre.

"Mika, j'ai besoin de toi de toute urgence. Il faut que tu

dépasses tes talents de voyageur angélique en visite dans les neurones des simples créatures mortelles pour entrer dans la pensée artificielle de cette cybercréature ?"

Mika salivait en contemplant les plateaux de petits fours et autres délices sucrés salés s'installer sur les tables par la complicité des bras métalliques des cyberbarmen.

"Prends-moi juste deux petites quiches et un éclair au café avant que je m'embarque dans cette micro-expédition. Quand ma bionique partenaire tombera sous mon charme, je l'appellerai ma petite puce", a soupiré malicieusement Mikajoh avant que je le fasse disparaître dans les limbes du *nanocerveau bionique*[19].

Consulter la rubrique

Les nanotechnologies

à l'adresse suivante :

[19] *Nano, nanotechnologie* : procédés de fabrication et de manipulation de structures électroniques et chimiques impossible à opérer à l'œil nu. Le nanomètre est un sous multiple du mètre valant 10^{-9} mètre soit 1 milliardième de mètre ; symbole *nm*.

5

Un robot presque parfait

J'en avais assez appris de cette matinée *robotifiante*. Je n'avais aucune envie de rester à attendre le retour de Mikajoh en compagnie de Franck le groupie du doc et de ses cyber amis. J'ai préféré m'éclipser incognito sans me faire remarquer de Doc-Machine. Une navette spécialement affrétée par la firme m'a laissé au centre-ville. Arrivé à l'hôtel, j'ai frappé à la porte de la chambre du neveu.

Quelle a été ma surprise de voir Ludo me faire entrer très vite et s'activer sur son lit en retournant sa valise sur le sol, croyant qu'il avait perdu son chargeur de portable !

— Tonton Willy, quand tu étais un d'jeun's comment as-tu pu vivre sans portable ?

— Vivre sans téléphone ? Quel supplice ! ai-je ironisé pour répondre à l'interrogation de l'ado déconnecté. En fait, tu crois que c'est indispensable que tu m'appelles Tonton Willy[20] ?

— En fait pour notre génération, c'est *no life* sans mobile. Et Tonton Willy, c'est du pur style.

— Merci pour toutes ces précisions et va pour Tonton Willy. En fait, pour faire stylé, je te remercie de te poser des

[20] *Willy* est le diminutif de *William.*

questions sur ma lointaine *jeune-life* mais je ne suis pas encore complètement gâteux et hors service.

— C'est pas c'que je voulais dire, Tonton Willy. En fait, dès qu'un adulte dépasse les vingt-cinq ans, il est un peu genre *has been Gameboy*.

J'ai regardé en souriant l'ado en état de manque qui courait dans tous les sens pour retrouver la fée branchée-connexion SMS.

— Effectivement à mon époque, c'est-à-dire entre le Moyen-Âge et le premier Star Wars, je n'avais pas de doudou smartphone mais un vieil ours en peluche avec lequel je partageais tous mes secrets.

Dans ma tête, je me suis remémoré quelques souvenirs à jamais gravés dans mon inconscient. J'ai toujours aimé m'inventer une belle enfance entourée d'amour familial pour tenter d'oublier dans ma quête de détective, les flammes[21] qui avaient changé à jamais ma destinée.

— Il est vrai qu'en y réfléchissant, maintenant que tu as ouvert la porte aux souvenirs, je ne sais pas comment j'ai pu m'épanouir sans portable. Depuis que je suis entré dans ta chambre, je constate que tu n'as pas l'air très bien dans tes Nike.

— Mille excuses, Tonton Willy, je ne voulais pas te manquer de respect. En fait, j'ai vraiment la haine de ne pas pouvoir me connecter à mes applis. Je me sens comme un orphelin sans mon Galaxy. C'est plus qu'un appareil électronique, c'est mon meilleur allié. Toi, Oncle Willy, tu n'as rien à voir avec les autres vieux adultes ! Tu prends le temps de m'écouter et en plus tu es un super détective. C'est ça être stylé.

« Tu verrais les profs au bahut, comme ils me font la misère. Dès que je touche mon Galaxy dans ma poche, je me sens plus fort pour affronter ce monde injuste. Avec lui, j'existe et je peux tout faire. Appeler, envoyer et recevoir des

---

[21] En référence à l'incendie criminel de l'immeuble de Guillaume et à la mort de ses parents. *Le pont des anges*, tome 1, de Joseph Ouaknine.

SMS, prendre des photos, écouter de la musique. C'est mon meilleur pote, c'est plus qu'une machine, c'est mon ami virtuel. Et justement en parlant de robotisation, j'ai travaillé pour toi. J'ai glané des infos très intéressantes concernant les cyberactivités du boss d'*Humano's Fun*.

— Mon stagiaire stylé veut sans aucun doute me parler d'un certain professeur Victor Doc-Machine ?

— Exactly, Oncle Willy ! a renchéri le neveu qui retrouvait son enthousiasme de geek à part entière.

— En fait, je me suis baladé dans les cyborg[22] réseaux en me faisant passer pour un mec amputé des deux jambes qui voudrait en savoir un peu plus sur les prothèses de nouvelle génération.

J'ai dû ouvrir des yeux ronds comme des billes, stupéfait par ce gamin tout à fait exceptionnel. Et dire que ses profs le considéraient comme un déviant asocial à l'avenir scolaire fort compromis. Quel manque de style et quel gâchis ! ai-je pensé.

— Intuition, bon sens et goût du risque ! Quand je me mets à chercher des infos en mode cyber-Ludo, je suis comme un cambrioleur, je crochète toutes les serrures numériques qui m'ouvrent les portes des multinationales même les plus cloisonnées. Et là, bingo, j'ai vraiment été gâté. Mon plan de handicapé cherchant prothèse a bien fonctionné. En piratant les sites d'une dizaine d'internautes qui m'ont répondu spontanément en me livrant leurs propres expériences d'amputations et d'opérations de prothèses, j'ai repéré l'histoire de ce soldat français, le soldat Henri, faisant partie des forces spéciales qui s'était porté volontaire en Afghanistan et qui après avoir sauté sur une mine avait perdu ses deux jambes.

J'ai observé avec une grande attention cet ado faisant le désespoir de ses profs qui pouvait grâce à son ingéniosité hors circuit scolaire, déjouer des sites ultra-protégés.

— Et là, après avoir bien navigué sur son site, je

[22] Un cyborg est un être humain qui a reçu des greffes de parties mécaniques.

découvre une filiale de la société *Humano's Fun* baptisée *Cyber Repair clinic* qui prend en charge la pose et la fabrication des prothèses du soldat Henri. En lisant ses critiques sur son site, Henri le commando n'a pas voulu que les cyberch-rurgiens qui s'occupaient de ses jambes lui posent des prothèses bioniques, c'est-à-dire des jambes artificielles commandées par un ordinateur. En fait, pour faire court, il s'est opposé à ce que les toubibs lui implantent des capteurs électriques et des puces électroniques dans son organisme pour le faire soi-disant avancer. Pour lui, il avait perdu ses jambes en mission commandée, c'était le risque, le prix à payer pour un militaire. Il était d'accord pour qu'on lui pose deux prothèses en titane et après il se débrouillerait. Comme il l'avait écrit dans son dernier message : il est hors de question de me bourrer d'électronique pour que je remarche. Je ne suis ni un héros ni un robot.

J'ai relevé un article publié dans *Le Monde de la recherche en robotique* où les responsables de la DGA[23] étaient profondément déçus par le refus du sous-officier de se faire greffer de nouvelles jambes en titane.

Ces prothèses révolutionnaires – je cite leur déclaration – *offertes gracieusement par la société Cyber-Repair auraient pu faire avancer la technologie réparatrice et permettre à d'autres combattants amputés, comme ce sous-officier, de retrouver la mobilité de leurs jambes en améliorant à chaque intervention les performances des prothèses bioniques.* Le rapport de la DGA estimait impensable le refus du soldat Henri pour cette technologie novatrice qui engendrait le soldat du futur. Après la publication de cet article, Henri a pris la décision de quitter l'armée.

Le gamin a marqué une pause et ses yeux se sont mis à scintiller quand il a repris sur un ton incisif son argumentaire :

— Son dernier message finissait par cette phrase : ça me fait une belle jambe de savoir que je ne serai pas le

[23] *DGA* : Délégation Générale pour l'Armement.

premier super soldat réparé. Je suis parti plus d'une fois à l'assaut pour défendre mon pays mais aucun toubib ne partira à l'assaut de ce qui reste de mon corps.

— Je pense qu'il n'a pas tout révélé sur son blog et qu'il doit avoir la haine envers ses supérieurs et les docteurs réparateurs.

— Et moi, je pense que nous pourrions aller rencontrer le courageux soldat Henri pour qu'il nous en apprenne un peu plus sur la nouvelle médecine réparatrice.

Ludo a haussé les épaules et a poussé un soupir de découragement :

— En fait, on envoie des gars se faire massacrer au péril de leur vie et après on leur offre une paire de jambes de rechange comme cadeau de consolation. Mon grand-père qui a fait *la guerre de 68* m'a raconté qu'un de ses potes a perdu un œil sur une barricade.

— *La guerre de 68,* comme le proclamait Michel Colucci, a lancé Gabriel en imitant la gouaille du célèbre comique.

Brusquement, j'ai pensé que j'avais oublié de récupérer mon Mikajoh. Je suis sorti de la chambre, j'ai pris le pont des anges entre mes doigts et quelques instants après j'ai senti mon cerveau s'alourdir de deux cent trente grammes.

"Ouf, c'est pas trop tôt ! Je commençais à trouver l'espace-temps un peu trop longuet. Je me demandais quand tu te déciderais à me rapatrier ! Maintenant que j'ai réintégré le monde humain, je vais te raconter mon expédition intra-robot."

"Plus tard, Mikajoh. Écoute mon neveu quand il aura, bien sûr, retrouvé son chargeur."

"Tu veux parler du chargeur de portable qui se trouve dans le couvre-lit jeté en boule devant la fenêtre ?"

"Bien joué, Mikajoh !"

Je me suis dirigé à pas feutrés vers la fenêtre et tout en

secouant le couvre-lit, j'ai récupéré le précieux chargeur que j'ai déposé sur le lit devant les yeux ébahis de l'ado.

— T'es vraiment trop stylé, Oncle Willy. Je l'ai cherché partout ce chargeur et toi en une minute tu le trouves ?

— Ce quoi ? J'ai pas bien compris, ai-je répliqué d'une voix véhémente.

— Pardonne-moi, mais j'avais tellement le *seum*(24). J'ai retourné la chambre pendant une demi-heure et toi en quelques minutes, tranquillement tu retrouves mon chargeur.

— Ah ! Tu voulais dire que tu es vénères(25) ? ai-je répondu sur un ton se voulant très stylé.

"Ouech ! C'est un truc de ouf. J'avoue que pour rester dans le vocable fleuri des *d'jeuns*, tu aurais pu utiliser le terme très opportun de *nike sa race* pour définir l'état de nervosité dans lequel se trouvait ton neveu", a ajouté Mikajoh.

Je n'ai pas continué dans l'impasse où mon ange gardien voulait m'entraîner. Mon lexique du langage SMS des ados étant très limité, j'ai préféré oublier l'épisode *Ludo a des choses intéressantes à nous apprendre*. J'ai donc questionné, pour son plus grand contentement, Mikajoh sur son incursion dans le cerveau de la charmante hôtesse.

"Je suis impatient que tu me donnes des nouvelles de notre ami André ?"

"Tu veux sûrement parler du clone d'André l'ingénieur en robotique ?"

Mikajoh m'a décrit alors son expédition en relatant avec beaucoup de précisions et de technicité sa rencontre avec la fille bionique. Lors de ses voyages interstellaires, Mikajoh avait connu la période du *nanolithique*. Au cœur de la nanogalaxie, il avait découvert des galaxies très lointaines, lorsque la Voie lactée était un fleuve céleste qui guidait les âmes à quitter le monde terrestre.

C'est avec une grande finesse que l'ange explorateur a pénétré sous la peau synthétique pétrie de silicone de Bionika

(24) *Avoir le seum*. Du mot arabe *sèm* (venin). Expression argotique des *d'jeuns* pour désigner quelqu'un qui est en colère.

(25) Du verlan : *énervé*.

pour se glisser dans le réseau de neurones électroniques qui conduisait aux hémisphères composant le cerveau bionique. À l'intérieur, quelques puces de silicium faisaient office de cellules artificielles et commandaient les informations. Mikajoh était bluffé par toute cette alchimie futuriste qui était capable de mémoriser des millions de données. Les processeurs des deux hémisphères étaient de parfaites répliques du système neuronal humain. L'hémisphère gauche commandait les mouvements de cette belle machinerie tandis que l'hémisphère droit traitait le fonctionnement du langage et de la compréhension des informations extérieures. Une micro-puce avait été greffée dans la cervelle de nickel pour traiter, stocker et analyser les informations arrivant du monde extérieur.

"Bionika a donc une mémoire ?" s'est interrogé Mika qui entendait battre les pulsations cardiaques provenant du cœur de métal.

Il a même réussi à entrer dans le programme de dialogue et à bricoler le programme de personnalité.

"Sachez, Messieurs les scientifiques, que toutes vos formules mathématiques permettant à vos belles créations d'obéir à vos ordres ne peuvent résister à l'intelligence intuitive de Super-Mikajoh."

L'ange avait déjoué les algorithmes en modifiant la structure de pensée de cette belle machine. Il m'a avoué qu'il avait savouré sa victoire en dévisageant avec férocité la créature au regard inerte qui ne pouvait plus exprimer ses émotions. Il m'a rejoué cette scène avec tous les effets dramatiques du théâtre antique :

"*Belle hôtesse sans âme, ton nouveau maître te demande de lui donner des nouvelles d'un ami parachutiste qui s'appelle André.*"

La fille bionique ne pouvant pas identifier les nouvelles données que l'ange avait introduites dans son moteur de pensée, les mouvements saccadés de sa tête et les clignements de ses yeux se sont estompés peu à peu. Son regard est redevenu calme et apaisé. Elle s'est mise à mémoriser et à répéter avec affection le prénom André. Le nouveau système d'émotion robotique que l'ingénieux Mikajoh avait conçu avait parfaitement fonctionné.

"Un robot presque parfait !" a lancé l'ange détective, ravi de sa performance.

"Tu as réussi à manipuler la mémoire de notre merveilleuse hôtesse ?"

"Douterais-tu de mes capacités à hacker la pensée d'une machine aussi séduisante que soit sa carapace ?" me demanda Mikajoh, semblant soudain déçu par ma question.

Me trouvant quelque peu dépassé par toute cette technologie, je n'ai rien pu répondre. J'ai regardé avec tendresse Ludo qui avait rebranché son objet magique et qui dans une intense concentration lisait ses e-mails.

"Mon cher Guillaume, c'est avec une grande émotion que je t'annonce avec certitude que l'inconnu de la plage n'est pas notre jeune ingénieur parachutiste conclu l'ange globe-trotter. C'est un *Répliquant*[26], un androïde à l'apparence humaine."

"Qu'est donc devenu le vrai André ?"

"Dédé is dead ! L'ingénieur ne s'est jamais relevé de sa chute en parachute. En reprogrammant le système mémoriel de Bionika, la belle machine m'a divulgué de précieuses informations qui dépassent les meilleures scènes de *Terminator* et *Robocop*.[27]"

"Tu veux me dire que le Doc et ses sbires, non contents de fabriquer de belles gynoïdes[28], se spécialisent dans la duplication humaine ?"

"Doc et son équipe ont transféré le cerveau du petit génie de la robotique dans un ordinateur capable de reproduire les cents trilliards[29] de connections du cerveau.

[26] *Répliquant* : nom employé la première fois en 1982 dans le film Blade Runner inspiré du roman *Les androïdes rêvent-ils de moutons électriques* ? de Ridley Scott pour désigner un humanoïde dont l'apparence rappelle celle d'un corps humain.

[27] *Robocop* : personnage de science-fiction mi-homme mi-robot ; il incarne le policier du futur.

[28] *Gynoïde* : androïde féminin.

[29] *Trilliard* : nom des grands nombres supérieurs à un trillion (vaut mille trillions). Un trion égale un milliard de milliards.

Puis, ils ont reproduit la forme humaine de notre André en bio-impression 3D. Ils lui ont reconstruit un squelette en métal, en lui implantant des milliers de capteurs et d'électrodes. Le tout enrobé d'un corps siliconé, copié à l'identique sur celui d'origine.

"Pourquoi le doc s'est-il débarrassé de ce super ingénieur ?"

"Quand le jeune ingénieur s'est aperçu que ses travaux de recherche ne servaient qu'à alimenter des projets absurdes, il a décidé de quitter la firme *Humano's*."

"Et le doc lui a offert, comme cadeau de départ, son dernier saut en parachute."

"Tu piges vite, Guillaume. Cependant, il ne manquait qu'une chose au Métal-Dédé que nous avons croisé sur la plage : une batterie de rechange."

On a frappé à la porte. C'était Lorette qui venait prendre des nouvelles de son neveu. Quelle ne fut pas sa surprise de voir Guillaume lui ouvrir la porte !

— Vous êtes inséparables tous les deux, a-t-elle lâché sur le ton de plaisanterie. Je n'ai pas vu mon mari de toute la matinée et quand je viens voir si mon neveu n'est pas trop scotché sur son ordi, c'est mon Guillaume qui m'ouvre !

Je lui ai souri, lui ai pris la main et l'ai installée avec courtoisie sur la chaise près de la fenêtre.

— Ma chérie, Ludo est un vrai justicier des temps modernes. Aucun système informatique ne résiste à sa combativité.

— Mon cher mari et néanmoins associé, je n'en doutais pas le moins du monde. Tu crois que j'aurais confié mon MacBook à un vulgaire amateur sans expérience, m'a répliqué Lorette en clignant de l'œil droit en direction de son neveu.

Le gamin, affalé sur son lit, a relevé la tête et pris la parole d'une voix hésitante :

— En fait, je n'ai pas eu le temps de tout raconter à

Uncle Willy sur mes recherches concernant les activités d'*Humano's Fun.*

Nous avons approché nos oreilles pour tenter de percevoir le murmure inaudible qui s'échappait de la gorge de notre stagiaire préféré :

— En naviguant sur les plateformes de robotique spécialisées dans les machines de guerre, j'ai découvert que beaucoup de gouvernements qui ne veulent pas se mouiller directement dans de sales guerres font appel à la société *Humano's Fun.* Ce sous-traitant, sous la houlette du professeur Doc-Machine, est spécialisé dans la fabrication de robots soldats quadrupèdes, robots mitrailleurs exosquelettes et tout un arsenal de machines de combats.

Le doc avec ses nouveaux joujoux révolutionnaires de destruction a réussi à attirer les grandes puissances mondiales comme l'US Army et le ministère des Forces armées russes qui sont de très bons et fidèles clients.

Lorette interrompit l'exposé de son neveu et lança sur un ton ironique :

— Quels types de joujoux révolutionnaires ont bien pu inventer ce doc et sa bande de robotisateurs ?

— Le super robot soldat autonome ! Ma très chère tante, poursuivit de sa voix sans affect Ludo-Geek. Doc-Machine et son staff de généticiens ont conçu le soldat machine du futur qui combat des cibles sans aucune intervention humaine. Il le surnomme : la kalachnikov de demain.

Comme je ne voulais pas perdre le fil, j'ai poursuivi l'exposé du stagiaire :

— Lorette, Ludo a fait un travail d'espion digne d'Edward Snowden[30]. Ce que veut nous expliquer ton génial neveu, c'est que derrière ces soi-disant belles machines de guerre futuristes se cachent des activités malsaines et dangereuses pour l'avenir de l'Humanité.

[30] *Edward Snowden*, ex-technicien de la CIA travaille depuis quatre ans pour la NSA (National Sécurity Agency). Il a révélé aux médias les détails de programmes de surveillances globalisées mondialisées sur des populations entières.

— Tout ce que j'espère, a soupiré Lorette, c'est que l'agence Detectivarium ne se retrouve pas au cœur d'un scandale diplomatique.

— Après ce que j'ai vu et entendu à la *Robotic's day*, je ne peux pas laisser ce savant fou fabriquer des mutants équipés de cerveaux artificiels.

— Toi qui es si stylé, oncle Willy, tu peux admettre que grâce aux nouvelles technologies qui améliorent la santé et combattent les maladies, l'homme de demain pourra espérer une vie plus cool.

— Le vivant n'est pas une construction fiston. L'être humain n'est pas le résultat d'un assemblage de briques Lego. Pour ce savant fou, améliorer l'homme, c'est créer un humain de transition, une nouvelle espèce mi-homme mi-machine truffée de prothèses qu'il peut commander à sa guise.

— En fait, je suis d'accord avec toi. Pourtant, reconnais que la fusion de la science médicale avec l'électronique pour fabriquer des miniprothèses pour booster un membre ou un organe défaillant, c'est vraiment le top.

— Ludo, le soldat Henri ne voulait pas que l'on triture son corps et son cerveau avec de l'électronique. Il a refusé de devenir un homme-machine : cela s'appelle de la dignité humaine.

Pour détendre l'atmosphère, Lorette s'est levée d'un bond et s'est mise à imiter la posture d'une combattante d'art martial traditionnel. Jambe avant pliée, jambe arrière tendue, le buste vers l'avant, les poings fortement serrés, les yeux fixés sur un point imaginaire ; elle s'est mise à déclamer :

— Il n'y a que dans Matrix[(31)] où Néo, le jeune Hacker, apprend le Kung Fu en quelques minutes grâce au programme chargé dans son cerveau. La réalité ne doit pas rejoindre la fiction, nous sommes tous les trois d'accord que c'est un crime que de séquencer un cerveau humain pour le réintégrer dans un corps artificiel. Ce doc Machin est une

[(31)] *Matrix* : *matrice*, en français, est un film de 2003 qui a révolutionné le cinéma de science-fiction en offrant une réflexion intelligente sur notre futur.

menace pour l'avenir de l'humanité : le devoir de l'agence Detectivarium est de l'anéantir.

— Le seul bug, c'est que je n'arrive pas à dépister l'adresse du labo de Doc-Machine, a soupiré le jeune hacker désemparé.

Grâce à l'intervention de ma précieuse alliée, j'ai retrouvé mon humour et souri avec bienveillance et prévenance :

— C'est pourquoi nous devons rendre une petite visite au soldat Henri qui nous donnera sûrement de précieuses infos sur la localisation du labo du doc.

Mikajoh a profité d'un instant de silence pour me transmettre une information que la fille bionique lui avait révélée :

"J'avais oublié de te dire que ton pote Franky qui est venu te chercher pour t'inviter à cette *robotifiante* matinée a subi lui aussi quelques légères modifications. Bionika m'a confié que le doc et son équipe sont les spécialistes des implants de puces électroniques sous la peau."

"Merci pour l'info. Quand je l'ai vu en état de transe devant le doc, ça m'avait mis la puce à l'oreille, si tu me permets cette comparaison."

6

Robot resto food

La voiture de location n'avait pas le confort de la Panhard vintage, néanmoins, c'est avec une grande allégresse que la petite famille s'est engagée sur la route d'Annecy. J'avais choisi de prendre l'itinéraire des Chamoniards[32] sur fond de paysage spectaculaire plutôt que d'emprunter la bande monotone bitumée de l'autoroute. Enchaînant cols et virages, notre équipe de détectives a admiré pendant plus d'une heure et demie les superbes panoramas à couper le souffle de ce que les Savoyards nomment le balcon du Mont-Blanc. La descente sur Annecy au milieu des sapins

et la vue sur le lac fut de courte durée, remplacée par la périphérie de la ville nouvelle. La pureté de la montagne s'est effaçée devant les enseignes lumineuses, les parkings à la place des prairies, les motels et centres commerciaux qui ont zappé du paysage les fermes et les petits bourgs.

D'une voix rappelant un professeur d'histoire que j'avais côtoyé durant mes années de collège, j'ai mis fin au silence :

— Mesdames et Messieurs, après avoir rêvé en dehors du monde réel, durant cette charmante balade alpine, nous en avons fini avec le charme du monde paysan : nous voici

[32] *Chamoniard* : gentilé donné aux habitants de Chamonix.

revenus dans celui de la réalité post-moderne. Ludo peux-tu m'indiquer quelques repères pour trouver ton *robot resto show.*

En effet, le restaurant que Ludo nous avait conseillé avait provoqué chez Mikajoh une vive réaction de colère :

"Robot-Resto-Show, non mais je rêve ! C'est faire honte à la gastronomie savoyarde et ses succulentes croustades de citrouille à la tome de Savoie et béchamel."

"Ne sois pas obsédé de la bonne bouffe. Au cours de nos nombreuses enquêtes, je crois que tu as dégusté tout ce que la cuisine française a de meilleur. Il faut évoluer avec la saveur moderniste, mon ange. Et le menu *robotificateur* de ce *resto* va peut-être abaisser notre taux de cholestérol ?"

"Eh bien, moi, je préfère rester à me les geler dehors que d'être mal au chaud dans un fast-food *ketchupé* servi par des robots ! Tu ne vas quand même pas me faire ingurgiter un steak de métal et des patates à la silicone", a pesté Mikajoh.

"Apprends, mon bel ange, qu'un bon détective doit toujours se plonger dans l'ambiance du terrain, là où son enquête le guide. La firme Humano's qui détient de nombreux business dans la région a créé le premier robot-resto. Le flair de détective hacker de Ludo nous a encore amenés, une fois n'est pas coutume, sur une piste des plus robotisante."

Mikajoh ne pouvait rien répondre à ces impératifs qui régissent le code d'honneur du métier de détective.

Les yeux rivés sur l'appli de son smartphone, le stagiaire m'a indiqué l'itinéraire que la voix *roboticieuse* du GPS lui distillait. Après avoir dépassé une large avenue dénudée d'âmes humaines, le centre commercial d'Annecy-le-Vieux avait définitivement fait disparaître du paysage l'identité chamoniarde du site. C'est à l'entrée de ce palais de béton que le *robotifiant* resto au design sobre représentant sur la vitrine un chef cuistot robot avait installé ses saveurs.

Devant la porte, un robot de bienvenue nous a accueillis d'un bonjour au timbre bien métallique. La plupart des tables étaient occupées par des familles et leurs enfants. Un serveur humain au sourire zen a entraîné la petite famille à le suivre. Et le robot-show a commencé son défilé devant les yeux stupéfaits des enfants qui admiraient les robots serveurs hauts de cent vingt centimètres chargés du service en salle. Équipés de détecteurs, ils étaient capables de repérer les obstacles tout au long de leurs parcours et de s'arrêter si un de leurs congénères ou enfants humains se trouvaient sur leur passage. Après avoir été cherché leurs commandes en cuisine, ils repartaient de plus belle dans la salle avec leurs plateaux chargés de plats et s'arrêtaient aux tables des clients qui se servaient directement sur leurs plateaux.

J'ai fait copain copain avec le seul serveur humain asiatique du resto qui s'avéra être le gérant. J'ai joué au touriste très impressionné de voir des machines remplacer le service humain :

— Cher Monsieur, lui ai-je demandé d'une façon très courtoise, cela ne vous fait pas trop de travail supplémentaire que d'avoir à vous occuper d'une main-d'œuvre si peu traditionnelle ?

— Pas de problème ! Robot très rentable : il peut travailler dix à douze heures par jour sans s'arrêter. Jamais malade, un robot. Pas de congés ni de vacances. Pas syndiqué : pas grèves. Un euro en électricité par jour. Très bon et très serviable.

Ludo est sorti de son mutisme et s'est mis lui aussi à questionner le gérant au sourire figé au coin de l'œil toujours très serviable.

— Lorsqu'un de vos serveurs est en panne, comment faites-vous pour le réparer ?

— Aucune panne avec nos employés. Robot serveur très bonne qualité. Pas de problèmes.

Le gérant, zen-attitude oblige, a distribué les cartes et s'est dirigé, tout sourire, vers les autres tables.

Quant à l'ange affamé, il avait scruté la vitre derrière laquelle le cuistot et les commis de cuisine préparaient leurs plats.

"Guillaume, même les cuistots sont des androïdes !"

"Et tu as vu comme ils s'affairent à leurs fourneaux avec un grand professionnalisme", ai-je renchéri.

Un robot serveur sur roulettes a apporté sur son plateau les soupes, raviolis, riz et légumes frits que nous avions commandés, pendant que leurs collègues métalliques en cuisine découpaient machinalement les grosses boules de pâtes en bandelettes de nouilles parfaitement égales et les déposaient ensuite dans l'eau bouillante.

Mikajoh a reconnu que les nouilles étaient aussi délicieuses que celles préparées par un cuistot humain. Ludo, transporté dans son monde de science-fiction regardait avec fascination le personnel mécanique au torse bleu doté de grosses ampoules rouges clignotantes en guise d'yeux qui déambulait entre les tables.

Quant à moi, mon dernier litchi avalé, j'ai appelé l'homme au sourire éternel pour régler l'addition :

— Cher Monsieur, la cuisine était excellente surtout les nouilles sautées. J'en ai rarement goûté d'aussi succulentes : toutes mes félicitations au chef. Je me pose juste cette question : votre chef cuisinier est programmé pour exécuter les tâches culinaires qu'il réalise, je l'avoue avec grand soin et application. Mais pourrait-il composer des mets selon son propre goût et sa propre intuition ?

— Moi beaucoup de travail, si cuisine vous as plu, moi très content. Voulez-vous digestif offert par la maison ?

Ludo est resté quelques minutes à contempler avec mélancolie ces travailleurs de métal avant de nous rejoindre sur le parking.

— J'aimerais tellement en adopter un, a-t-il avoué dans un soupir en entrant à l'arrière de la voiture.

— Mon chéri, lui a rétorqué sa tante en se retournant, un robot ne s'adopte pas. C'est un objet que tu peux acheter avec une carte bancaire. On adopte un enfant, un animal pour lequel on a des devoirs et des obligations.

— En fait ce que je voulais dire, c'est que ces petits êtres de métal servent bien les affaires du patron. Quand ils ont un dysfonctionnement, je suis sûr qu'il les fout à la casse sans scrupule. Il y a beaucoup d'humains qui préfèrent la compagnie des chiens ou des chats à celui des hommes. Dis-moi la vérité, Tata : Whysk doit te manquer ?

— Bien sûr qu'il me manque, mon petit chien adoré. Whysk fait partie de la famille Delange. Mon aspirateur qui me rend de grands services quand il sera HS, je serai bien embêtée. Je le déposerai aux ordures non ménagères et j'irai en acheter un autre.

Comme j'écoutais leur discussion depuis un moment, je me suis pris au jeu et j'ai ajouté ma touche personnelle à l'explication de Lorette :

— Ce que veut expliquer ta tante stylée, c'est qu'elle ne va pas porter le deuil quand l'aspirateur rendra l'âme.

Objet inanimé avez-vous donc une âme[34] ! ai-je claironné sur un ton théâtral.

L'ado a apprécié moyennement cette figure de style. Ses yeux se sont animés et le timbre soporifique du geek s'est changé en un éclat de ténacité :

— Lamartine, ça, c'est de l'époque ancienne ! Je l'ai appris par cœur ce poème obligatoire en cours de français pour le brevet et je peux même vous balancer la suite :

Objets inanimés avez-vous donc une âme
Qui s'attache à notre âme et la force d'aimer...

Applaudissements de Lorette, appuyés par mon coup de klaxon. Ludo qui commence à se sentir de mieux en mieux avec cette paire d'adultes hors normes entre volontiers dans les confidences :

[34] Extrait du célèbre poème d'Alphonse de Lamartine *Milly ou la terre natale.*

— J'me souviens : je n'ai eu qu'un douze sur vingt car le prof n'avait pas aimé ma façon de le réciter. Moi, je n'y comprends rien à ce genre de littérature. Ces mecs du XIXe siècle, ils étaient un peu *chelous*[35]. Ils faisaient tourner les tables, parlaient aux esprits des défunts et se livraient à toutes sortes d'expériences ésotériques qui seraient considérées aujourd'hui par mes profs comme des oufs.

Le visage de l'ado était à présent libéré de toute cette haine à l'égard du monde adulte. Il se confiait sans contraintes car il se sentait en confiance. Et tout ce qu'il avait gardé sur le cœur durant cette année de collège, toutes ses frustrations et ses injustices, il avait besoin de les évacuer. Lorette était soulagée que son neveu soit sorti peu à peu de son mutisme depuis le début de son stage. Il n'était plus l'ado rebelle renfrogné du quai de gare mais un jeune homme qui se sentait en sécurité et avait juste besoin qu'on l'écoute. Et Ludo a déballé tout ce lourd fardeau qu'il gardait en lui :

— Les rares fois où j'ai le droit à la parole, dans leur soi-disant espace d'échanges, quand je dis à mes profs que je puise plein de messages dans mes mangas, ils me disent que ce n'est pas de la littérature ; pour eux c'est de la sous-culture. Bonjour le respect et la tolérance ! Et leurs soi-disant objets qui ont une âme ce n'est pas Lamartine qui les a inventés. Il les a piqués à des textes japonais ultras anciens.

— Tu veux dire que Lamartine s'est inspiré des poètes japonais pour composer son poème ? ai-je demandé Guillaume avec délicatesse ?

— En fait, ce que je veux vous faire comprendre, c'est que les Japonais depuis la nuit des temps considèrent que les objets et les machines ont une âme. Pour eux, à la différence du monde occidental et du patron du resto qui doit faire partie d'un gang de Hong-Kong, la machine vit à côté de nous et elle nous rend de grands services. Nous devons la respecter. En ce qui concerne les robots, ils développent de

[35] *Chelou* : louche, en langage *d'jeun's* verlan, se dit de quelqu'un de bizarre.

plus en plus de perceptions proches de ceux de l'humain. L'affinité robotique dans l'identité japonaise est un fait religieux. Et la culture geek, à laquelle je me rattache, puise son inspiration dans cette vision du monde.

"Dis-moi, Guillaume, ton stagiaire en a vraiment dans les méninges ?"

"Il n'y a qu'un ange grincheux comme toi pour douter du surplus d'âme d'un membre de la famille Delange ?"

"Je te rappelle que tu es le conjoint de Lorette et par ce fait et non par le sang familial, le tonton Willy stylé à la mode de Bretagne de Ludo."

C'est justement mon neveu par alliance qui a mis fin à la discorde :

— Tonton Gaby, j'ai pris une initiative très personnelle qui pourrait bien faire avancer notre enquête ?

— Tout ce qui peut être utile pour élucider l'énigme du parachutiste cloné est le bienvenu, mon garçon.

Le jeune stagiaire s'est redressé sur son siège en souriant :

— En fait, en arrivant à Annecy, je me suis souvenu que l'adresse personnelle du soldat Henri se trouvait dans cette région. Comme je t'ai entendu dire qu'une petite visite chez lui serait bénéfique pour notre enquête, j'ai pris l'initiative de lui envoyer un texto en lui proposant de venir le rencontrer.

— Et sur ce coup, tu t'es encore fait passer pour un handicapé ?

— En fait, je lui ai dit que j'étais un collégien, que j'effectuais un stage dans la région et que mes recherches étaient centrées sur la guerre en Afghanistan. J'avais découvert son site et ses témoignages de guerre m'avaient tellement touché que j'aimerais le rencontrer pour l'interviewer. Avec une pointe d'humour, le soldat Henri m'a répliqué qu'il ne bougeait pas trop en ce moment et qu'il était O.K. pour l'interview. Il habite dans un hameau près de Beaufort et sa bergerie est toujours ouverte.

"Guillaume, ton neveu n'a peut-être pas le même sang que toi mais question flair ; il a hérité de ce don d'anticipation", a ajouté l'ange.

— En route pour le Beaufortain, la patrie des belles Tarines aux yeux maquillés de noir.

— Sans t'importuner, oncle Willy, c'est quoi ces bestioles ?

— Ces bestioles sont les reines des alpages. Les Tarines sont une race de vaches très stylées natives de Savoie. Elles sont très agiles et très résistantes et s'adaptent parfaitement aux terrains difficiles.

"Et surtout, elle produise un super frometon au lait cru : le *beaufort*, le prince des gruyères", a renchéri l'ange gastronome, à l'instar de Brillat-Savarin.

Consulter la rubrique

Le Beaufortain et le fromage de Beaufort

à l'adresse suivante :

7

Les robots passent à la caisse

En sortant du parking, j'ai vu un groupe de personnes qui brandissaient des pancartes devant l'entrée du supermarché. La plupart étaient des femmes qui s'étaient rassemblées et elles avaient l'air bien décidé à se faire entendre. C'est Lorette la première qui a décrypté les slogans peints à la bombe sur les banderoles :

Les caissières font de la résistance ! Non à la robotisation de nos caisses ! Quand les robots passent à la caisse : les caissières passent à la trappe !

J'ai décidé d'aller voir ça de plus près et je n'ai pas rejoint le boulevard circulaire. Lorette continuait à traduire les slogans et moi j'ai continué à rouler dans l'avenue sans arbres. Puis, je me suis garé dans le grand parking du supermarché.

La voix qui se dégageait du mégaphone portable était puissante et résonnait dans toute l'agora. Ludo, d'un air anéanti et épuisé, nous a demandé s'il pouvait rester tranquille au chaud dans la voiture.

Guidés par la voix stridente qui s'échappait de la sono portable, Lorette et moi avons laissé notre stagiaire en compagnie de son smartphone et nous avons rejoint les manifestantes.

J'ai attendu que celle qui lançait les slogans dans le micro fasse une pause pour se reposer les cordes vocales. J'ai laissé Lorette avec les badauds qui s'étaient regroupés autour des protestataires et je me suis approché de la caissière. Arborant mon plus beau sourire, je l'ai élégamment sollicitée :

— Bravo, Madame, pour votre courage et votre combat pour sauver vos emplois. Je me permets de vous consulter car je suis écrivain de romans policiers et mon prochain livre est un polar-robot qui se passe dans un supermarché du futur où les automates, après avoir remplacé les caissières, sont devenus des managers de rayons et traitent le personnel humain comme des esclaves...

"Je ne sais pas où tu as été cherché tout ce scénario mais je m'aperçois que la robotisation t'inspire de bonnes idées", m'a décoché Mikajoh d'un ton amusé.

La manifestante nullement déconcertée par mon histoire un peu loufoque, je l'avoue, a réagi avec détermination :

— Monsieur, le supermarché du futur existe bel et bien aujourd'hui derrière ces grilles.

Elle m'a montré d'un doigt accusateur l'entrée de la grande surface aux rideaux de fer abaissés.

— Je travaille ici comme hôtesse de caisse depuis plus de vingt ans et en l'espace d'un an nos nouveaux patrons ont remplacé nos caisses par des machines automatiques.

— Vous voulez parler du *self scanning*[46] !

Comme je voulais faire stylé et surtout crédible aux yeux de la caissière, je me suis permis ce léger commentaire technique :

— Exactement ! Le self-achat, c'est la mort de l'échange. Le client est tout seul face à une borne digitale qui ne sourit pas, qui ne lui dit ni bonjour ni merci ni à bientôt ni passez une bonne journée...

Elle m'a arrêté net dans mon envolée digne d'un bon auteur de polar :

[46] *Self-scanning* : système de reconnaissance automatique permettant au client en réduisant les frais de personnel de procéder sans l'aide d'une caissière à l'identification et au paiement de ses achats.

— Lorsque nos patrons ont décidé d'installer deux bornes automatiques à côté de nos caisses, c'était soi-disant pour nous soulager et nous éviter que nous attrapions des tendinites et mal au dos. Et les caisses automatiques peu à peu ont gagné du terrain. On s'est retrouvée à tour de rôle à surveiller les clients, à vérifier qu'ils scannent bien tous leurs articles, à se faire trop souvent insulter quand un acheteur, dans son niveau rôle de caissier, n'arrive pas à scanner ses articles, à payer avec sa carte bleue...

"Si je comprends bien, ils passent à la caisse sans la caissière qui n'encaisse pas ces articles-là."

"Mikajoh, ce genre d'humour n'est pas digne d'un ange gardien qui se veut fraternel de la cause humaine."

J'écoutais avec une grande compassion, malgré l'humour – limite trentième degré – de Mikajoh, le combat de cette travailleuse qui se sentait trahie et humiliée par l'arrivée de ces machines détruisant son emploi.

— Mon métier, c'est hôtesse de caisse, pas surveillante ni policière. Il y a un mois, ils ont fermé le magasin dans le but de réaménager l'espace. Et c'est depuis ce jour qu'on a décidé de faire de la résistance.

Elle a pris un petit temps d'arrêt et m'a dévisagé durement :

— J'espère au moins que vous n'êtes pas aussi faux jeton que le journaleux du Dauphiné ?

— Vous voulez parler de Frank Mafio ?

— Oui, ça doit être ça ! Ce vendu qui défendait notre cause au tout début de notre action a vite retourné sa veste. Du jour au lendemain, il s'est mis à écrire des articles faisant l'éloge des caisses automatiques. Je ne sais pas combien il a touché pour écrire son dernier torchon dont le titre est particulièrement recherché : *Épargnez-vous la caisse car le temps c'est de l'argent !*

"C'est le paradoxe de la société des humains, mon bon

Guillaume, m'a marmonné avec réalisme l'ange dénonciateur. D'un côté, il y a de plus en plus de chômeurs qui voudraient bien trouver un job et, de l'autre, on remplace des caissières par des machines automatiques."

— Si vous voulez avoir une bonne documentation pour enrichir votre prochain roman policier, j'ai de quoi vous en fournir. Suivez-moi, je vais vous faire visiter en avant-première, le supermarché du futur. Ils n'ont pas encore changé les serrures de la réserve et j'ai les clefs de la porte de secours. Moi, c'est Anne-Marie !

Elle m'a serré la main avec énergie et m'a fait signe de la suivre derrière le bâtiment. J'ai fait un clin d'œil à Lorette qui a compris que j'étais sur une piste. J'ai regardé sa jolie silhouette repartir en direction de la voiture et j'ai rejoint Anne-Marie devant l'entrée de service.

À l'intérieur, ma guide s'est montrée particulièrement efficace. Elle m'a expliqué qu'elle n'avait pas toujours été caissière. Après des études en gestion, une séparation douloureuse et deux enfants à élever, elle avait pris le premier emploi qui se présentait à elle. Après vingt années de bons et loyaux services passés auprès de cette grande enseigne, quand elle a vu arriver les caisses automatiques, elle a décidé de créer l'association : *Les caissières font de la résistance*. Et depuis, elle en a passé des nuits à se documenter sur les stratégies mises en place par les managers de la grande entreprise pour robotiser l'avenir de son gagne-pain en remplaçant les petites mains humaines des caissières par des machines.

— C'est tout bénef pour eux ! m'a-t-elle confié d'une voix ferme qui a résonné dans tout le hangar.

— Quand vous dites *eux*, vous voulez parlez de qui en particulier ?

— La grande firme qui a racheté notre enseigne. Au départ, c'était une entreprise familiale créée par des gens de la région, dans l'esprit d'une start-up[48], qui aimaient et respectaient leurs employés. La supérette au joli nom de Fourmillette a eu beaucoup de succès auprès des Annéciens. Et le made in Savoie a fondu comme une barre de chocolat lorsque tous les cubes de tôles aux pancartes géantes ont poussé comme des champignons tout autour de la petite fourmi du libre-service. Et la grande firme a mangé l'entreprise familiale en gardant juste le nom Fourmillette pour faire couleur locale en y rajoutant les termes agressifs de Maxi-Fourmillette-hard-discount.

— Et les responsables de cette société, vous les avez déjà rencontrés ?

J'ai lu un sourire de dépit dans son regard. Le regard fixé sur les murs d'écrans, elle a haussé les épaules.

— Ces gars-là ne sont pas humains. Ce qu'ils veulent, c'est juste tout contrôler. De la caisse à l'étalage, tout doit être connecté à leurs ordinateurs. Leur stratégie est simple à comprendre : ils veulent faire de nous des petits sujets bien serviles. À la tête de cette firme, notre nouveau patron est le pire des manipulateurs à qui j'ai été confronté. Dès qu'il a pris le contrôle du magasin, il a invité le personnel à un show de présentation du supermarket du futur. Petits fours, champagne à gogo... il avait tout prévu. Une salle de spectacle. Séduisant et beau parleur, il a offert une prime de deux cent cinquante euros pour tout employé qui se ferait *pucer*.

J'ai exprimé mon étonnement. Mikajoh n'a pas raté l'occasion de se manifester :

"Un show-man au sourire charmeur sur une scène avec des projecteurs, ça ne te rappelle pas quelqu'un ?"

"Évidemment qu'il s'agissait du doc !"

J'ai laissé mon ange tout à son étonnement et j'ai reporté mon attention sur les explications d'Anne-Marie. Elle a respiré profondément et a repris aussitôt :

[48] Jeune entreprise à la manière d'une jeunes pousse, souvent très innovante promise à une croissance rapide.

— *Pucer* pour faciliter le quotidien des salariés ! Fini le temps des clefs et des badges. Un simple geste de la main et les portes des locaux s'ouvrent, les codes-barres sont déchiffrés et vérifiés automatiquement. Et pour cela, il faut se faire tatouer comme du bétail !

Le puçage de masse à malheureusement bien fonctionné et la plupart de mes collègues l'ont fait pour toucher la prime. Et je dois vous avouer que depuis leur attitude a bien changé. Elles m'évitent, ne prennent plus mes tracts et ne participent plus à nos meetings. Les seules qui se battent sont celles qui comme moi ont refusé de se faire pirater le corps et l'esprit.

Mikajoh m'a sorti de mon ignorance concernant les puces pirates :

"Guillaume, les micros-puces implantées sous la peau fonctionnent par des ondes transmises par radiofréquence. En changeant les fréquences et en diffusant un autre signal dans le cerveau, on peut modifier le comportement de la personne porteuse de la puce pour en faire de gentils petits animaux domestiques. Le doc doit être un spécialiste de cette manipulation."

— J'imagine que dans votre métier d'écrivain, vous devez être habitué à chercher des choses étranges et bizarres, m'a interrogé sans attendre de réponse de ma part ma guide. On va continuer notre parcours et vous allez être surpris par ce que vous allez voir.

J'ai renchéri sa proposition d'un regard suffisamment intrigué pour qu'elle me fasse découvrir les derniers gadgets de la grande distribution.

— Vous voyez tous ces murs d'écrans disposés tout autour des rayons ?

Effectivement, il aurait fallu être aveugle pour ne pas se retrouver en face de ces vitrines d'écrans digitaux.

— Ces murs tactiles projettent de la réalité virtuelle.

Bienvenue dans le grand Temple de la cyberconsommation, a-t-elle lancé avec ironie. Ici, il n'y a pas un seul produit visible exposé dans les rayons.

— Vous voulez dire que tous les produits sont uniquement perceptibles sur des écrans ?

— Absolument ! Le client n'a plus aucun contact tactile avec le produit : fini l'odeur des pommes, l'arôme du poireau, la senteur des herbes de Provence...

Mikajoh n'a pu s'empêcher d'apporter son mot d'esprit :

"Alimentaire,[49] mon cher Watson ! Il faut avouer, quand on voit la pub à la télévision de l'espion client d'un supermarché qui appelle son patron en répétant : *On n'est mal patron, on est très mal*, tout en fourrant son nez dans la salade et dans le fromage, on peut se poser quelques questions quant à la propreté et l'hygiène alimentaire."

Anne-Marie, dans la pénombre des allées de la grande surface, continuait son investigation :

— Le client dans le supermarché du futur arrive les mains dans les poches. Après avoir choisi ses fruits, ses légumes, son poisson ou ses chaussettes sur les écrans, il n'a plus qu'à payer sur une borne avec sa puce intégrée que l'enseigne lui a offerte avec des bons d'achat. Plus de paiement par carte. Un seul geste suffit et tout est scanné dans la machine.

— Pourtant, le client doit repartir avec ses courses ?

— Ils ont tout prévu pour remplacer le magasinier humain. Dans l'entrepôt situé au fond du bâtiment où est stockée la marchandise, une équipe de robots préparent les commandes et vont les livrer jusqu'au coffre de la voiture du client. Ils ont même créé une piste de décollage pour les futurs drones livreurs qui atterriront dans les jardins ou sur les terrasses des clients.

La caissière a marqué une pause en fronçant les sourcils :

---

[49] Mot d'esprit de la célèbre phrase du détective Sherlock Holmes où la voyelle **é** de *élémentaire, mon cher Watson* est remplacée par le **a** de *alimentaire mon cher Watson.*

— Voilà pourquoi je me bats pour dénoncer cette déshumanisation. Venez, maintenant, on va allez faire un tour dans la réserve. Vous allez encore être surpris par ce que vous allez y découvrir.

"L'avenir de la Fourmillette n'est pas très *roboptimiste*", gazouilla l'ange espiègle.

Arrivé dans le grand hangar de stockage, quelle a été la surprise d'Anne-Marie quand elle a aperçu, accrochés sur des rayonnages, une dizaine de mannequins vêtus des mêmes blouses que celles des caissières de la grande surface.

Elle en a décroché un et l'a déposé sur le sol. Un violent sursaut l'a secoué quand elle a découvert le visage de l'automate.

— Ils ont osé. L'impensable est arrivé. Cette tête en latex avec des yeux livides est la copie d'une de mes collègues.

Elle a désigné du doigt une grosse cabine photographique installée dans un coin de l'entrepôt.

— Avant de se faire pucer, les employés passent dans ces machines à scanner.

J'ai regardé la grosse capsule en forme de gélule. J'ai vite compris la finalité du doc et de ces acolytes. Les caissières volontaires croyant se faire tirer le portrait se sont fait *tirer le clone*. Une fois la réplique modelée, il suffit d'ajouter à l'intérieur quelques capteurs, un bon logiciel, et la robot-caissière est prête à encaisser.

Une torche électrique a balayé le hangar. C'était sûrement un vigile qui effectuait sa ronde. Anne-Marie m'a fait signe de me planquer sous les étagères. Quand il est passé près de nous, j'ai aperçu un gros œuf monté sur des roulettes qui analysait avec les yeux de sa caméra l'environnement. Avec son mètre trente de haut, il ressemblait plus à un gros œuf monté sur roulette qu'à l'habituel agent de sécurité.

Le vigile nouvelle génération aux allures de petit cosmonaute s'est arrêté devant notre planque. Il n'a pas eu le temps de nous détecter et de donner l'alarme. Anne-Marie a bondi sur les deux yeux caméras et les a aspergés avec sa bombe de peinture *à slogans* qu'elle avait gardée dans sa poche de blouse. Un corps à corps s'en est suivi et c'est Anne-Marie qui a triomphé du vigile en plaquant le mètre trente de métal sur le dos après lui avoir arraché ses capteurs de détection.

J'ai vu un sourire de vainqueur recouvrir son visage.

— Robot de merde ! a-t-elle achevé en lui balançant un sérieux coup de pied dans le ventre. Dépêchons-nous de filer car cette saloperie de machine doit être reliée à un écran de contrôle et des agents de sécu, pas montés sur des roulettes mais bien humains et très dangereux, vont venir gâcher la fin de votre visite.

Nous avons eu la chance d'atteindre la porte de secours sans voir un vigile en titane nous barrer la route. Une fois à l'extérieur, j'ai pris la parole pour informer cette courageuse femme sur ma véritable identité.

— Anne-Marie, je ne suis pas un écrivain de roman policier. Je suis détective privé et je mène une enquête sur les activités de votre dangereux patron.

J'ai marqué une légère pause pour renforcer mon propos :

— Je vous assure que je ferai tout ce qui est en mon pouvoir pour combattre ce dangereux ennemi de la liberté.

Elle a haussé les épaules sans aucune animosité :

— Quel pouvoir peut avoir un Zorro[50] des temps modernes face au nouvel empire de la robotisation. De toute façon, mon métier de caissière est foutu. Ça m'a fait du bien de me défouler sur cette saloperie de monstre à roulettes.

Anne-Marie a rejoint ses collègues militantes. J'ai repris le chemin du parking et pour mon plus grand plaisir, j'ai aperçu Lorette qui me souriait en venant à ma rencontre les bras chargés de paquets.

— J'ai profité de ton escapade avec cette charmante

[50] En référence au célèbre justicier masqué vainqueur à chaque fois et combat sans peur l'ennemi en défendant toujours l'opprimé, la veuve et l'orphelin.

femme en blouse rose pour aller faire quelques emplettes, m'a-t-elle dit d'une voix légère.

— Tu ne devineras pas la dernière trouvaille technologique que la marque de vêtements *IN* a mise au point pour ces clientes :

— Servez-vous, Mesdames. Tout est gratuit aujourd'hui, lui ai-je répliqué ?

— Malheureusement, ce n'est pas dans le plan de communication de la marque. Écoute, Guillaume, tu vas être impressionné par cette toute nouvelle technologie :

— Tu entres comme dans une cabine d'essayage sauf que la trouvaille, ce n'est qu'à l'intérieur, la cliente est dans une cabine photo dernier modèle. Et là, au lieu d'essayer un tas de fringues qui ne sont pas toujours à ta taille, je me suis fait scanner de la tête au pied. Un cliché de face. Un de profil. En moins de trente secondes, mon sosie virtuel est apparu sur un écran en 3D avec mes mensurations. J'ai eu le droit à un défilé privé de mon avatar et une voix très suave m'a conseillé quelques ensembles très tendance. D'ailleurs, il m'a suggéré de changer de coiffure et je dois t'avouer que celle de mon sosie m'a beaucoup plu.

— Rassure-moi, il ne t'a pas conseillé de changer de partenaire ?

— Idiot ! On ne remplace pas l'irremplaçable ! Le présent nous va si bien et le futur de notre enquête nous réserve encore bien des découvertes *robotifiantes*.

Affalé sur son siège les yeux rivés sur son smartphone, Ludo ne nous a même pas entendus entrer dans la voiture.

C'est au bout d'une dizaine de kilomètres et quelques vallées plus tard qu'il a redressé la tête :

— Mille excuses, je ne vous ai même pas capté. En fait, j'étais à fond dans une appli super importante.

— *No comment* ! a soupiré Lorette en lançant un clin d'œil complice à son enquêteur préféré.

8

Dragon Fly

Le logis du soldat Henri se trouvait planqué tout au bout d'un hameau, à l'entrée d'un sentier de montagne, sous l'œil bienveillant du Mont-Blanc. Le toit en tôle ondulée de ce qui avait été une étable pendant des siècles faisait un peu tache dans ce décor idyllique mais il était judicieusement adapté à la pente et aux avalanches.

La voiture à peine garée, de la porte de la grange a surgi un homme qui est venu à notre rencontre. Malgré son lourd handicap, il faisait corps avec ses deux béquilles, se balançant d'avant en arrière pour rester en équilibre. Arrivé à la hauteur des trois visiteurs, il a lancé sur un ton amical à l'attention du plus jeune :

— Alors, mon p'tit gars, t'es venu avec tes professeurs ?

J'ai pressé le pas et me suis présenté comme l'oncle du jeune homme.

— Allez, venez tous vous installer à l'intérieur, a grommelé l'homme aux béquilles. On sera mieux autour d'un bon feu pour causer.

Henri a installé ma petite famille autour de la grande table en chêne massif. Lorette admirait avec tendresse les bûches qui crépitaient dans l'âtre de la cheminée en pierre.

C'est le collégien qui est entré dans le vif du sujet en expliquant d'une voix solennelle qu'il ne faisait pas vraiment un exposé sur la guerre en Afghanistan mais qu'il était stagiaire dans une agence de détectives.

Le soldat s'est raclé la gorge sans paraître étonné de voir débarquer dans sa bergerie toute cette petite famille :

— Bon ! Arrêtez de tourner autour du pot. Qu'est-ce qui vous amène dans ce trou perdu ?

J'ai tout de suite aimé la franchise qui émanait du regard de ce dur à cuire. J'ai pris une profonde inspiration et retracé tout l'itinéraire de nos investigations depuis l'inconnu de la plage de Royan jusqu'au Doc.

Le vieux baroudeur n'a pas bronché durant tout l'exposé. Il a attendu patiemment que je close son récit et avec tout le charisme d'un chef de guerre, il a pris la parole :

— Ça fait des mois que je rumine un plan d'attaque rapide et efficace pour détruire la cyber quincaillerie de ce cinglé du bistouri bionique. Vu mon état quelque peu endommagé, il me serait difficile d'aller escalader les montagnes pour rayer du paysage cette saloperie de bunker.

— Et vous n'avez pas trouvé quelques volontaires pour effectuer cette mission ? lui a demandé Lorette.

— J'ai rompu tout contact avec l'armée française lui a-t-il retourné, sérieux comme un général. Vous savez quand vous voyez vos supérieurs vous berner en vous fourrant dans les mains de ses sorciers, vous n'avez plus confiance en personne.

— Vous émettez l'hypothèse que Victor Machin et vos supérieurs sont étroitement liés. Dans quel but ?

Henri ne m'a pas laissé finir ma phrase :

— L'objectif est simple : remplacer un soldat mutilé par un cybercombattant hybride bien dressé. Avec toute la machinerie qu'ils vont lui greffer pour remplacer les pièces manquantes par des organes artificiels augmentant leurs capacités physiques et les puces informatiques injectées dans le cerveau, ce soldat des temps modernes est programmé pour exécuter les ordres sans jamais les contester. Cela semble sorti d'un nanar de science-fiction pour adolescent en mal de baston. Cependant, j'ai côtoyé dans ce bunker des Terminator plus terrifiants que l'original. Du tireur d'élite qui se fait greffer une paire d'oreilles bioniques pour pouvoir entendre au-delà des fréquences humainement supportables à la prothèse oculaire pour repérer une cible à plus de cinq cents mètres, tout ce qui peut s'implanter et se greffer pour augmenter la performance est disponible à la clinique de l'horrible docteur Machine.

— Et vous pourriez retrouver l'endroit où se trouve cette horrible clinique ? a demandé Lorette, inquiète.

— Quand ils m'ont installé à l'arrière de leur van aux vitres tamisées, les ambulanciers de la firme *Humano's* ne savaient pas à qui ils avaient affaire comme client. Trois ans d'Afghanistan, ça forme un pisteur. Je me suis retrouvé, deux fois, prisonnier des talibans. On m'a conduit dans des montagnes les yeux bandés : je comptais dans ma tête chaque virage, chaque carrefour, chaque pente, vallée et remontée en alignant les kilomètres dans ma tête pour pouvoir me repérer quand je leur fausserai compagnie.

— Alors, quand les deux lascars m'ont embarqué pour le bunker-clinique de réparation, j'ai joué le jeu du pauvre soldat amputé et apeuré. Une fois à l'intérieur, je leur ai fait la misère. Ils ont vite compris que je n'étais pas un patient bien docile.

— Vous auriez pu bénéficier de super jambes ultra-performantes ! lui a lancé l'ado sous mon regard médusé et celui de Lorette.

D'un ton mordant, le vieux baroudeur a plongé ses yeux d'aigle dans le visage du collégien :

— Jeune homme, si ma destinée de combattant a voulu que je perde mes guiboles, je l'accepte. Maintenant, qu'un apprenti sorcier me fasse miroiter que je vais devenir un super soldat avec des jambes bioniques, ça, je l'exècre. Je ne serai jamais un mec en métal, relié à leurs machines comme un automate programmé pour exécuter leurs sales boulots.

Henri a marqué une pause et, l'air sombre, il a poursuivi son périple :

— Ils ont vite vu qu'ils s'étaient plantés en me choisissant. J'ai joué mon rôle de pauvre soldat invalide traumatisé qui veut juste rentrer chez lui. Ils ont fait venir un expert psychiatrique qui après avoir examiné mes jambes et mon état mental m'a déclaré inapte au combat. Depuis ce coup de tampon, j'ai droit à une pension d'infirme de guerre et je ne fais plus partie des effectifs de l'armée française. Le toubib m'a fait comprendre que si j'ébruitais le moindre renseignement sur les pratiques innovantes de cet établissement, je pourrais perdre plus que mes jambes.

Ses puissants yeux bleus se sont mis à scintiller d'un éclair malicieux :

— J'ai bien manœuvré et ils ont cru à mon histoire. La dernière fois que j'ai entrevu le doc avant ma libération, il m'a jeté un regard méprisant. Pour lui, je n'étais rien d'autre qu'un être inférieur et inutile pour ses maudits plans. J'ai remercié tout le monde pour leur générosité et leur dévouement mais au fond de moi, je ne pensais qu'à une chose : revenir dans ce nid de fous dangereux et tout détruire.

C'est Lorette qui a repris le fil du problème :

— Comment voyez-vous la façon dont *on va tout détruire* ?

Tous les regards étaient posés sur le soldat Henri qui pour toute réponse s'est déplacé jusqu'au placard de l'armoire. Le coude gauche appuyé sur la porte ouverte, il a sorti une petite mallette en cuir du placard avec sa main droite qu'il a tendue à Ludo afin qu'il la dépose sur la table.

— Cette petite mallette contient l'astuce qui va nous

permettre de repérer l'antre du démoniaque. Ouvrez-la, a-t-il ordonné au stagiaire fasciné par l'ampleur de cette rencontre.

Ludo les mains tremblantes a débouclé les deux petites serrures. À l'intérieur du compartiment reposait un insecte en métal d'environ dix centimètres de diamètre équipé de quatre minuscules ailes.

— Voilà le cadeau que mon pote démineur américain m'a offert avant de s'envoler pour les States. *Dragon Fly*(51), c'est le nom qui lui avait donné est capable de voler avec une autonomie d'une heure trente. Ce drone-espion fonctionne comme une voiture téléguidée sauf que pour piloter cet engin, il faut être un as du bidouillage informatique.

Il n'en fallait pas plus pour que Ludo se sente à la hauteur de ce challenge :

— Si c'est comme sur *Crazy Fly hexapode*(52), je connais toutes les applis pour faire décoller un insecte androïde. Avec ma manette de PlayStation, j'ai même réussi à faire voler l'insecte du jeu dans la cour de mon bahut.

L'ado a froncé les sourcils, gonflé son torse et s'est revêtu d'une intonation de major première classe :

— Pour des raisons de sécurité nationale, la durée de vie de sa batterie n'étant que de dix minutes, l'insecte volant est juste un divertissement pour amateurs. Faire voler Dragon fly avec une batterie de une heure trente, c'est de la balle. Et je suis prêt à relever le défi.

J'ai posé ma main sur l'épaule de l'ado.

— Comment vas-tu t'y prendre ? lui ai-je demandé d'une voix qui se voulait paternelle.

— En fait, je vais, dans un premier temps, connecter cette petite merveille ailée à mon smartphone. Dans les sous-menus de mon mobile, je vais chercher ensuite l'appli pour programmer la feuille de route de notre espion. Une fois que le système de navigation sera relié à l'écran de mon mobile,

(51) *Dragonfly* : libellule en anglais.
(52) *Hexapode* : robot marcheur dont la locomotion a été copiée sur celle des insectes.

on n'aura plus qu'à suivre notre mini-espion au pays des Tarines jusqu'au repère du doc.

Le soldat Henri n'a pas dissimulé son enthousiasme pour ce pimpant jeune homme qui maîtrisait la technologie comme un pro du déminage.

— Et pour l'instant, agent Ludo, quel est le plan ?

Ludo a sorti la minuscule petite créature ailée de sa boîte et, après l'avoir examiné, il a rendu son diagnostic :

— Je dois la recharger avec la fiche USB. Cela va prendre deux bonnes heures.

— Le temps que vous nous racontiez vos souvenirs d'Afghanistan devant une bonne tasse de thé, a lancé Lorette toujours prête à trouver une agréable issue.

Le vétéran ne s'est pas fait prier pour repartir à l'assaut de ses aventures à tout jamais gravées dans sa mémoire :

— L'histoire que je vais vous relater, mes amis, n'est pas celle présentée dans le compte-rendu de l'État-Major français. C'est le témoignage d'un chef de colonne qui s'est retrouvé piégé et encerclé avec ses hommes dans une embuscade orchestré par les rebelles talibans(53). Cela s'est passé entre les 18 et 19 août 2008 à une cinquantaine de kilomètres de Kaboul dans la vallée d'Uzbin. Dès la fin août, à la suite du changement de commandement des forces alliées pour la région, les Français avaient remplacé les Italiens qui nous avaient prévenus que la région était une vraie poudrière. Lors d'une mission de reconnaissance, un des leurs avait été abattu comme un lapin, victime d'un sniper afghan. Désormais, ils se cantonnaient à des missions humanitaires autour de leur base. Nos supérieurs en décidèrent autrement : nous devions être présents sur le terrain afin de développer une nouvelle approche avec la population locale.

Henri a marqué une pause.

— Vous n'étiez pas d'accord avec vos chefs ? me suis-je inquiété.

(53) *Taliban* : personne adoptant une aversion fanatique contre les religions autres que celle de l'Islam. Fondamentaliste convaincu, cet individu n'hésite pas à prendre les armes contre l'Occident. Toutes les formes artistiques sont exclues du quotidien. Ils brûlent les instruments de musique, les livres et décapitent ceux et celles qui osent les critiquer.

Le vieux soldat a hoché gravement la tête :

— La population locale, des familles de bergers terrorisées par les groupes armés du Djiad, sous la coupe de chefs de tribus locaux qui jouent double jeu.

J'ai laissé le chef de commando poursuivre le récit de cette journée d'août sans l'interrompre :

— Le 18 août, à l'aube, je suis parti avec ma section en mission d'approche. À proximité du village où l'on devait rencontrer les chefs de tribus, nous avions été pris sous le feu de tireurs de précision talibans qui depuis le sommet d'une crête nous pilonnaient avec des fusils d'assauts AK-47 et des lance-roquettes dernière génération.

« Nous étions à découvert, encerclés comme dans un fer à cheval. Il n'a fallu qu'une dizaine de minutes pour que la plupart de mes hommes tombent sous les balles, nos cinq véhicules détruits, les rares rescapés redescendant en rampant sur les pentes.

« Les renforts en provenance de Kaboul arrivèrent quelques heures après. Une chance pour moi et deux de mes hommes blessés, certes, mais toujours vivants, que les assaillants talibans ne soient pas descendus de leur crête pour nous finir au corps à corps. Ils ont préféré se replier dans leurs montagnes après leur embuscade victorieuse. Ensuite, j'ai été héliporté, la suite vous la connaissez : j'ai perdu mes deux jambes et dix de mes compagnons d'armes. Cette opération qui avait été mal préparée par mes supérieurs a provoqué un débat politique sur la pertinence de la présence française dans cette région du monde.

« Quelques articles dans la presse internationale critiquant le manque de moyens radios, de reconnaissance aérienne préliminaire et également les faibles réserves de munitions que nous disposions pour ce type de missions ont été tout de suite démentis et niés par notre État-Major.

— Les journalistes avaient-ils raison d'alerter l'opinion

publique sur cette épouvantable mission orchestrée par des inconscients ? a demandé courageusement Lorette.

Le vieux baroudeur a réussi à sourire :

— Le métier de militaire interdit tout commentaire et toute révélation à la presse sous peine de poursuites pour haute trahison, a-t-il rétorqué avec certitude.

— Le ministre de la Défense de l'époque a diffusé un communiqué à la presse en précisant que les soldats français tombés ou blessés lors de cette infâme embuscade ne sont pas des victimes mais, comme de véritables professionnels, ont été au bout de leur engagement.

Pour conclure ce terrible épisode de sa vie de casse-cou, l'ancien commando est revenu aux événements bien présents qui le lient à notre trio de détectives :

— Quand le psy m'a délivré mon bon de sortie, j'ai vu dans ses yeux que c'était un cadeau qu'il m'offrait pour que je me taise. Je suis rentré sagement chez moi et j'ai contenu ma haine et ma riposte faute de pouvoir les exprimer.

Le baroudeur a jeté un œil à la fenêtre et a déclaré avec audace :

— Aujourd'hui, il fait un temps idéal pour la mission bunker-représailles. Nous avons du pain sur la planche. Que justice soit faite et bien exécutée !

Dans le pré, les quatre humains admiraient les yeux dans le ciel les prouesses de la libellule effectuant des loopings sous le contrôle du *droneur* Ludo qui glissait tactilement sur son écran ses doigts pour piloter sa nouvelle conquête. Une fois rechargée, il n'avait eu qu'à la lancer à la main dans le ciel comme un oisillon qu'on libère, pour que l'insecte volant s'élève dans le ciel et atteigne une hauteur d'environ trois cents mètres au-dessus du sol. Ludo contrôlait sur l'écran de son mobile les images que l'espionne renvoyait sur son capteur photovidéo.

— Connexion et pilotage opérationnels, mon capitaine, s'est amusé à lancer sur un ton servile le stagiaire pilote à l'attention du soldat Henri. Puis, comme un ado-provocateur qui veut énerver l'adulte réticent, il s'est mis à clamer son admiration envers le drone :

— Et dire que derrière ce microscopique robot moustique volant se cache un redoutable espion qui va sauver l'Humanité !

Henri qui n'a pas du tout le même sens de l'humour tout en fronçant le front a glissé ses béquilles jusqu'à la hauteur de Ludo :

— Jeune homme, faites attention à ne pas tomber dans l'empathie que peut entraîner votre affection pour cette machine. Sur le champ de bataille, un soldat ne doit jamais se laisser aller à des sentiments envers une chose qui peut lui affecter sa prise de décision. J'ai connu deux démineurs qui s'étaient tellement entichés de leurs automates volants qu'ils n'ont pas vu le danger leur tomber dessus tant ils étaient occupés à admirer l'envol de leurs insectes d'arme. Ils y ont laissé leur peau et leurs marionnettes avec. Ces machines ne ressemblent à rien d'autre qu'à des outils conçus pour faire le sale boulot de détection.

Ludo avait une autre conception des relations humains-robots. Cependant, vu le regard autoritaire de sa tante à son égard, il s'est abstenu de tout commentaire et a continué de faire planer l'espionne ailée au-dessus du pâturage.

Henri en pro des missions à risque a pris peu à peu le commandement de la future opération. Sur un ton de chef de raid, il m'a confié les clefs de sa jeep Willis modèle 1945 qui, selon ses dires, pouvait grimper jusqu'au sommet de l'Himalaya. Lorette est restée dans la belle prairie à admirer ce paysage de contes de fées pendant que Ludo caressait dans sa main sa libellule. Henri s'est éclipsé dans sa chambre pour préparer comme il l'avait appelé son paquetage. J'ai sorti de la grange le modèle vintage de l'US Army, ai fait quelques tours avec cette jeep tout terrain et, une fois le clan des Delange installé dans le véhicule, nous avons attendu devant la bergerie le retour du soldat Henri.

Consulter la rubrique
Les robots dans l'armée
à l'adresse suivante :

9

Le bunker du docteur Machine

La libellule volait au-dessus de tous ces sentiers coupés du monde, traversant les forêts d'épicéas, survolant gorges, cascades et sentiers de randonnées.

La jeep a grimpé dans un vrombissement de moteur pas vraiment écologique, Ludo installé sur le siège avant me guidait avec précision dans notre ascension. Les yeux fixés sur son écran, il ne pouvait observer ni le couple de marmottes qui dérangé par le bruit infernal de l'engin, se précipitait dans son terrier ni les chamois qui se tenaient en équilibre sur les rochers. Par contre, j'appréciais ce spectacle.

À l'arrière du véhicule, Henri en tenue de camouflage, tel un faucon scrutait l'horizon avec ses jumelles. Très inconfortablement installée sur sa banquette, coincée entre le paquetage de son voisin et les nouvelles béquilles ressemblant à deux échasses métallisées, Lorette tentait de vaincre son stress admirant le merveilleux paysage qui défilait sous ses yeux. Quant à Mikajoh, il s'était fait oublier depuis un bon moment car connaissant les idées farfelues de son alter ego humain, il n'avait aucune envie de se retrouver projeté à l'intérieur de la chose ailée, comme à chaque fois où j'appuyais sur les touches de mon clavier magique.

Arrivé à la hauteur d'un plateau perché à plus de mille cinq cents mètres d'altitude, une belle clairière pâturée d'alpage abritait un imposant chalet refuge agrémenté de deux rochers disposés autour de la bâtisse et d'une réserve de bûches. Henri a repéré un van noir à cinq cents mètres plus bas qui filait dans notre direction à toute vitesse.

— Grimpez au-dessus, il y a un sous-bois ; nous serons à l'abri, a ordonné le chef de l'expédition.

J'ai compris qu'il y avait du danger dans l'air alpin et j'ai engagé le tout terrain en direction du sous-bois. Bien à l'abri derrière les résineux, avec une vue plongeante sur le vert pâturage, nous avons attendu que le van noir apparaisse dans la clairière. Ludo très prudemment a fait atterrir la libellule dans sa main.

Dans ce décor sinueux taillé à même la roche et sans respecter la beauté du paysage, l'impressionnant 4x4 a terminé sa course folle à la hauteur des deux rochers. Une main gantée a appuyé sur la grosse pierre et devant nos yeux ébahis, le chalet s'est mis à pivoter à trois cent soixante degrés comme par enchantement.

— Le bunker masqué du docteur Machine ! me suis-je écrié comme un enfant découvrant un trésor.

Henri, en chef de groupe, a remis de l'ordre dans cette surprenante découverte :

— Nous nous sommes fait duper comme des milliers de randonneurs par ce décorum factice. Si on y avait regardé de plus près, on aurait vu que les fenêtres du faux chalet ne reflètent aucune lumière.

— Le trompe-l'œil, c'est un tout un art, mon cher Henri, a ajouté Lorette. Avouez que ce chalet paisible qui s'ouvre sur un monde souterrain, c'est sans doute une arme qui trompe mais ne tue pas.

La façade entièrement ouverte, j'ai fait pénétrer le tout terrain dans une galerie taillée à même la roche. Et quelques instants ont suffi pour que la façade du chalet savoyard retrouve sa place originale dans le vert pâturage.

Henri a énoncé son plan : Lorette et moi irions en reconnaissance dans le bunker. Si une heure après, nous n'étions pas revenus, Ludo et lui ameutaient les secours.

Lorette a trouvé facilement le bouton magique incrusté dans le rocher factice qui déclenchait l'ouverture du chalet. Les deux détectives, munis chacun d'une lampe de poche qu'Henri avait extirpée de son paquetage pénétrèrent à l'intérieur d'une gigantesque galerie pouvant abriter camions, avions et munitions durant les périodes de guerre. La lumière du jour apparaissait faiblement au sommet du gigantesque plafond. Un tunnel d'aération et de réserve d'eau descendait de la voûte dans les profondeurs souterraines.

Nous avons parcouru environ cent cinquante mètres et nous sommes arrivés à un funiculaire souterrain. Le 4x4 vide de ses occupants était garé devant l'entrée de la cabine. J'ai repéré à droite dans la roche une épaisse porte métallique. J'ai fait signe à Lorette de me suivre. À l'intérieur, l'étroit escalier en béton glissant et raide descendait à pic vers les abysses du bunker. Arrivés à l'étage inférieur, nous avons suivi une immense allée qui nous a menés à un entrepôt où étaient stockés sur des palettes et des racks de conditionnement des centaines de pièces détachées allant des bras, jambes aux yeux bioniques.

— On se croirait dans un dépôt d'usine automobile où l'on trouve toutes les pièces détachées, ai-je murmuré à l'oreille de Lorette.

— À la différence du matériel auto, a-t-elle chuchoté, c'est qu'ici dans les rayons, il y a tout le kit pour customiser l'homme en cybermachine.

Nous n'avons pas eu le temps de poursuivre notre conversation. Deux bras mécaniques nous ont agrippés par le col et nous ont décollés du sol. Prisonniers de ces mains de fer, tournant la tête, j'ai découvert notre agresseur : un squelette mécanique monté sur deux pattes en métal, bourré de capteurs lui permettant de soulever des humains et sûrement, vu la puissance de ses bras, de les envoyer valser à l'autre bout du dépôt.

Une voix bien placée s'est échappée de sa mâchoire en acier :

— Bonjour Monsieur et Madame Delange. Détruitou, mon fidèle vigile, va vous conduire jusqu'au laboratoire.

J'ai reconnu immédiatement le timbre mielleux de l'infernal docteur Machine. Le robot, chargé de ses deux humains au bout de ses bras de fer, a exécuté les ordres de son maître, a traversé le grand hall, évité deux robots transporteurs qui déchargeaient des mannequins ressemblant fortement au malheureux André et a emprunté sans se laisser distraire une longue allée bien éclairée aux murs bétonnés baignant dans une forte odeur de plastique et de composants chimiques. Il s'est arrêté devant un mur qui s'est ouvert spontanément : à l'intérieur des machines vraisemblablement commandées par ordinateur fabriquaient des prothèses en titane sous l'œil affairé d'une dizaine de cyborgs-orthopédistes travaillant sur leurs tables de montages à démouler et assembler les pièces du puzzle posthumain.

Néanmoins, la plus grande innovation que nous avons découverte quelques instants plus tard, c'est cette rangée d'imprimantes 3D dont le jet d'encre ou de matière plastique a été remplacé par des couches de cellules siliconées qui sont capables de fabriquer de la peau artificiellement humaine.

Détruitou a stoppé net la visite à l'entrée d'une grande porte blindée qui s'est ouverte encore une fois automatiquement. À peine avoir franchi le seuil, il a déposé ses deux colis à terre et s'est immobilisé instantanément.

Sur une table d'opération, un corps allongé et endormi, ressemblant à celui d'un être humain, était entouré de deux praticiens en blouse blanche qui manipulaient le bras droit du patient. Le roboticien, tout sourire mielleux aux lèvres, était assis sur son bureau, concentré sur son écran de contrôle.

— J'en ai pour une minute, le temps de vérifier que cette micro-puce est bien implantée dans le triceps de mon client et je suis à vous.

— Je vous en prie, ne vous gênez pas pour nous ! Continuez votre sale boulot, ai-je vociféré.

Le doc à l'aide d'un joystick a vérifié sur son moniteur que le composant avait été bien inséré sous la peau du muscle par les deux cyberanesthésistes.

— Voilà bien la réflexion d'un homme qui appartient au passé. Mon sale boulot, comme votre petit esprit le qualifie, est l'avancée technologique la plus géniale depuis la naissance de l'Humanité.

— Vous n'allez pas nous refaire votre numéro de cabot *robolutioneur* que vous nous avez déjà sorti lors du *Robotic's day*. Je ne sais pas ce que vous avez pu injecter à ce gentil journaliste du Dauphiné qui m'avait invité à votre monstrueuse présentation mais vous l'avez changé en un bon petit toutou bien asservi à votre ignoble cause.

Le doc ne se fit pas prier pour donner quelques détails sur le changement de comportement du journaliste :

— Juste une petite modification nécessaire pour que ce petit humain inachevé progresse dans ses futurs articles.

— L'homme demeurera toujours un homme malgré vos sales expériences.

Le doc s'est mis à rire à pleins poumons et l'écho de son hilarité a retenti dans tout le laboratoire :

— Delange, votre conception de l'humain est bonne à mettre à la casse. L'homme d'aujourd'hui ne peut plus se contenter d'être imparfait et surtout mortel. Le corps humain version XXIe siècle à mon génie est et sera un corps reprogrammé en mi-homme, mi-machine.

Une voix s'éleva du ciel, comme tout phénomène dépourvu d'explication rationnelle.

— Salut la compagnie. C'est moi le Père Fouettard[54] qui vient punir les méchants petits humains comme toi le cruel et barbare docteur Machine.

Dans le plus style du Père Noël descendant par le trou de la cheminée, Henri le fantassin ramoneur, un câble en acier fixé à un harnais, a jailli de la bouche d'aération à plus de quatre mètres du sol. Les deux béquilles en carbone ultralégères qu'ils tenaient entre ses doigts s'avéraient être de redoutables pistolets-mitrailleurs qui se sont mis à cracher de puissantes gerbes de feu et n'ont laissé aucune chance aux deux garde-robots pour répliquer par une quelconque parade. Le spécialiste des attaques-surprises savait viser juste et les deux cyborgs-combattants roulèrent sur le sol dans un nuage de plastique carbonisé.

Lorette et moi avons aidé notre sauveur voltigeur à se poser délicatement sur le sol. Les doigts du soldat restaient bien serrés sur les poignées-pistolets des deux combinés béquilles mitrailleurs.

Le doc a profité de ce moment d'atterrissage pour s'éclipser discrètement dans un coin du labo où il a plaqué ses deux mains sur le mur qui s'est ouvert sur un passage secret.

De l'autre côté du mur, j'ai vu Bionika se tenant impassible face à son créateur :

— Pousse-toi de mon chemin, ce n'est pas le moment de venir me demander un câlin.

— Pourquoi me traites-tu ainsi ? a demandé calmement la douce créature.

Tout s'est alors passé très vite. Sans que nous n'ayons eu le temps d'intervenir, le doc l'a bousculée sans ménagement et a couru jusqu'au coffre-fort qui se trouvait derrière son bureau. Il a composé les numéros de la combinaison, a

[54] Acolyte de Saint-Nicolas, le saint patron protecteur des enfants dans l'est de la France ; chaque année, le 6 décembre, il vient punir les enfants qui n'ont pas été sages.

ouvert la porte et a fourré dans sa poche des liasses de billets de banque. Il n'a pas entendu Bionika qui s'était glissée derrière lui et malgré les larmes de métal qui coulaient sur son visage, elle s'était saisie d'une œuvre d'art contemporain en or massif représentant une prothèse de jambe bionique. Elle lui a asséné un violent coup sur l'arrière de sa boîte crânienne. Le doc a eu juste le réflexe de prendre son bip dans sa poche intérieure. Il a appuyé dessus et l'instant suivant sa tête a heurté la porte du coffre avant de chuter sur le sol. Bionika sourire aux lèvres a déclaré d'une voix shakespearienne : *On meurt toujours par où on a péché...*

Après cette dernière phrase prononcée, ses circuits ont éclaté à l'intérieur de son corps et la peau de son beau visage s'est mise à fondre et à se changer en quelques secondes en une flaque de plastique calcinée.

Les ordinateurs ont explosé à leur tour et les flammes ont envahi l'antre de l'horrible docteur Machine, l'homme qui voulait changer l'espèce humaine.

Dans l'autre tanière, ses béquilles bien brûlantes en position de combat, Henri attendait que les cyborgs ennemis se pointent.

— Saucissonnez-vous dans le filin, votre neveu va vous faire remonter, nous a ordonné Henri qui remettait deux nouveaux chargeurs dans le boîtier culasse des béquilles mitrailleurs.

Lorette et moi nous nous sommes enroulés dans le câble et après l'avoir fixé au crochet, on s'est fait tirer dans le conduit. Deux cybergardes ont fait irruption dans le labo et ont été accueillis par un feu d'artifice s'échappant des deux béquilles mitrailleuses. Leurs carapaces métalliques se sont affalées dans un bruit de fer et d'acier.

Arrivé à l'air libre et si bon à respirer, nous avons retrouvé notre stagiaire accroupi à l'avant du véhicule, les yeux fixés sur le treuil accroché au parechoc de la jeep. Ludo a relancé le câble dans le conduit et lorsque le soldat Henri est sorti à son tour, nous avons applaudi et ovationné notre super héros qui avait réalisé un exploit extraordinaire.

Dans la jeep qui a ramené la petite unité du commandant Henri à travers les paysages merveilleux de Dame nature, les détonations venant du ventre de la montagne se sont estompées pour laisser la beauté du silence accompagnée l'itinéraire à suivre. Même si nous avions anéanti, grâce au génie tactique du soldat Henri, l'homme qui voulait mettre fin à l'histoire humaine, le justicier des enquêtes complexes et ardues savaient que partout sur la planète, des savants diaboliques de la même espèce que le doc, se livrent à d'autres expériences visant à détruire notre belle famille humaine.

Et Mikajoh d'ajouter dans mon esprit troublé :

"Et toutes ces expériences sont financées par des gouvernements qui se disent démocratiques et protecteurs de l'humanité."

La petite musique de mon portable s'est mise à chantonner dans ma poche. Mon réseau était à nouveau couvert. Franck le journaliste venait de m'envoyer un SMS. Après quelques jours où il s'était retrouvé victime d'une étrange fatigue, il était à nouveau en pleine forme tant physique que mentale. Il avait un scoop de dernière minute qu'il voulait faire partager avec moi : les gendarmes venaient de découvrir, il y a de cela quelques dizaines de minutes, un blockhaus dans la montagne qui venait d'exploser et qui selon les premières constatations servait à des expériences militaires.

Il avait aussi repris son combat de journaliste militant pour défendre la cause des caissières du nouveau supermarché afin qu'elles sauvent leurs emplois qui étaient sérieusement menacés par les robots.

En lisant ce message, j'ai été soulagé de savoir le journaliste délivré de l'emprise de l'infernal docteur Machine.

C'est Ludo qui a brisé le silence qui régnait depuis plus d'une heure dans le véhicule :

— Vivement le collège du futur où mon robot bienveillant pourra rédiger mon rapport de stage ! J'imagine la tête de mon prof de français, lorsque je vais passer devant lui à l'oral et qui me demandera de lui parler de mon stage d'observation : *En fait, c'était super, j'ai combattu des cyborgs mutants avec mon tuteur de stage, j'ai tracté un chef de commando dans un conduit au sommet d'une montagne, j'ai aidé à détruire un labo spécialisé dans la fabrique de mutants...*

On s'est tous mis à rire de bon cœur comme de vrais humains certes imparfaits mais libres et soulagés d'avoir vécu et partagé ensemble cette aventure robolutionnaire.

À bientôt pour de nouvelles aventures...

Glossaire robotique

Asimov : écrivain russo-américain (1920-1992), célèbre pour ses œuvres de science-fiction mettant en scène nos *amis robots* dans un monde futuriste.

Robot : dérivé du mot tchèque *Robota* qui signifie travail, besogne, corvée, il est issu du slave *Orbota* puis transposé en russe *Rubita* et en slovène *Rabota*. On le trouve aussi en langue indo-européenne *Orbh* qui désigne un orphelin ou un jeune esclave.

Par extension, depuis le milieu du XXe siècle, le robot désigne une machine accomplissant des tâches dangereuses ou pénibles pour un humain.

Les lois de la robotique : petit rappel sur ses trois imaginées par l'écrivain Isaac Asimov :

1/ Un robot ne peut porter atteinte à un être humain, ni, restant passif, permettre qu'un être humain soit exposé au danger

2/ Un robot doit obéir aux ordres que lui donne un être humain, sauf si de tels ordres entrent en conflit avec la première loi.

3/ Un robot doit protéger son existence tant que cette protection n'entre pas en conflit avec la première ou la seconde loi.

Frankenstein : Le monstre de Frankenstein a été créé en 1818 par une jeune romancière britannique Mary Shelley, âgée de dix-huit ans, pour répondre à son mari Lord Byron qui affirmait qu'une femme ne pouvait pas écrire de livre. Marie Shelley va lui prouver le contraire et son livre racontant la terrible aventure du docteur Victor Frankenstein, un savant fuyant l'horrible créature à laquelle il a insufflé la vie va devenir un best-seller littéraire adapté de nombreuses fois au cinéma.

Transhumanisme : c'est un mouvement qui fait de plus en plus d'adeptes et qui consiste à pallier les *faiblesses* de l'homme – ressources physiques, maladies, handicap, vieillesse, mort – grâce aux progrès technologiques et à des greffes mécaniques capables de rendre l'homme plus *puissant*. Certains vont jusqu'à parler de post-humanité, prévoyant la généralisation de ces pratiques sur tous les êtres humains. Des hommes dont les capacités physiques ou mentales dépendraient de machines ? To be or not to be cyborg ?

www.detectivarium.fr

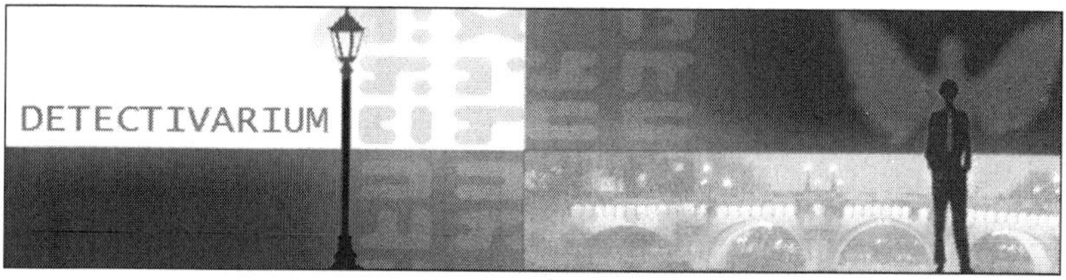

Sur le site,

vous trouverez une véritable mine d'informations concernant la collection Detectivarium et ses héros.

Découvrez-les en parcourant les pages de présentation de la collection des livres et de leurs auteurs, informez-vous des nouveautés, amusez-vous avec les jeux en ligne et gagnez des cadeaux.

Consulter les quatre rubriques liées à ce livre (rubrique *Autour des livres*)

Le parachutisme

Les nanotechnologies

Le Beaufortain et le fromage de Beaufort

Les robots dans l'armée

http://www.detectivarium.fr/autour_livres_tome_34.php

Collection *Detectivarium* :

fantastique, action et suspense garantis !

Les dix premiers tomes ont été traduits en ukrainien et ont fait l'objet d'une publication dans la revue Dnipro.

Tome 1 ***Le pont des anges,*** Joseph Ouaknine

La découverte d'une mystérieuse calculatrice magique va bouleverser la vie de Guillaume Delange. Un étrange personnage entre dans son esprit, va l'accompagner et l'aider dans sa vie de détective.

Tome 2 ***Le mystère du nain jaune***, Joseph Ouaknine

Un adolescent rebelle ou un meurtrier présumé, un chien, un jeu de cartes... Voici une enquête bien spéciale pour le détective Guillaume Delange l'entraînant dans des aventures périlleuses.

Tome 3 ***La joconde de cro-magnon***, Gérard Streiff

Guillaume Delange découvre une grotte aux parois ornées de somptueuses fresques. L'une d'elles représente un visage de femme au sourire énigmatique. Mais des malfrats l'ont devancé et sont en train de piller les lieux.

Tome 4 ***L'énigme des gouttes de pluie***, Jacques Bullot

La vieille dame apeurée appelle Guillaume à son secours. Elle est ensuite assassinée. Que cachent ces tableaux étranges qu'il trouve dans cette maison sinistre contenant un incroyable bric-à-brac. Quel est le rôle de ce personnage rencontré par hasard ?

Tome 5 ***Recovery au Golfe***, Joël Corno

Étranges, ces évènements, la nuit, sur le Golfe... Anormal, ce sinago qui sort la nuit et ne pêche pas... Bizarre, ce marin qui cache cette belle araignée tatouée sur son avant-bras... Pas facile de faire un recovery au Golfe.

Tome 6 ***Un héritage compliqué***, Philippe Gourdin

Quel travail pour remettre en état le château dont a hérité Guillaume ! Mikajoh est promu chef de chantier. Une ombre au tableau : la découverte d'un cadavre. Étrange, le comportement du commissaire et son adjointe...

Tome 7 ***Le voleur de lumière***, Joseph Ouaknine

Une ampoule sur deux des lampadaires bordant des routes nationales et certains carrefours est détruite. Comment les saboteurs s'y prennent-ils ? Est-ce l'œuvre d'extraterrestres ou d'un savant fou ? Dans quel but ces actions de destruction ?

Tome 8 ***La pierre celtique***, Jean-François Maillet

Le vélorail est une ingénieuse machine à pédales installée sur l'ancienne voie ferrée. L'ennui, c'est quand les voyageurs disparaissent ! Sean l'Irlandais, amateur passionné de mégalithes, étudie la mystérieuse pierre celtique. Cacherait-elle un trésor ?

Tome 9 ***L'œil était dans la garrigue***, Frédéric Jost

Tout a commencé avec le rapt de Laetitia, la splendide femme rousse de mon client. Les ravisseurs avaient exigé que la valise bourrée de billets soit jetée du haut des falaises dans l'eau vert émeraude du gouffre de l'Œil doux...

Tome 10 ***Le trésor de l'Ankou***, Yann Tatibouët
Guillaume ne pensait pas revenir si tôt en Bretagne. Une étrange rumeur court dans Carnac : l'Ankou hanterait les chemins creux à la nuit tombée... Lorsque le trésor des Chouans refait surface, Guillaume comprend que l'heure n'est plus à la plaisanterie.

Tome 11 ***Une étrange statuette***, Joseph Ouaknine
Malgré les avertissements de Mikajoh, Guillaume ne s'est pas assez méfié du vendeur tenant absolument à lui offrir une étrange statuette. Il n'en fallait pas plus pour l'embarquer dans une nouvelle aventure qui le mènera au Luxembourg

Tome 12 ***Au secours des ch'tis***, Pierre Zylawski
Catastrophe nationale pour les Ch'tis : entre Maubeuge et Valenciennes, les frites des brasseries-friteries sont devenues immangeables ! À en vomir la première bouchée ! Guillaume et Mikajoh vont mener leur enquête dans cet Avesnois verdoyant.

Tome 13 ***L'imbroglio du Transsibérien***, Jean-Michel Chevry
Tout commençait si bien dans ce train mythique qu'est le Transsibérien. Dans cette nouvelle aventure, disparition, mafia, angoisse tourbillonnent comme les flocons dans l'hiver russe. Guillaume sait que ce n'est pas un temps à mettre un ange dehors.

Tome 14 ***La momie de la cathédrale***, Bernard Cornuaille
Ce lundi 5 juillet, Guillaume visite la cathédrale de Reims. Lorsque, tout à coup... Meurtre ou accident ? Guillaume et Mikajoh sont de nouveau au centre d'une énigme qui dépasse l'imaginaire où actualité et Histoire sont intimement mêlées.

Tome 15 ***Un concours semé d'embûches***, Laly Chame
En Ardèche, un ranch équestre et les chevaux les plus rapides du monde sur 400 mètres. La vie d'Yvan et Laurine, les propriétaires, est devenue un véritable cauchemar : leurs chevaux tombent malades les uns après les autres. Qui veut leur nuire ?

Tome 16 ***Le vampire de la Roche,*** Jean-François Maillet
Au cours d'une randonnée, Guillaume découvre dans une grotte un cadavre vidé de son sang avec deux petites marques dans le cou. Quelle est la mystérieuse silhouette portant une longue cape qui court dans les rues à la tombée de la nuit ?

Tome 17 ***De l'eau dans le gaz en Cévennes***, Anne Jercilof
Dans les Cévennes, l'exploitation des gaz de schiste dénature le paysage, pollue les rivières. Les habitants de la région se rebellent. La résistance des Cévenols sera-t-elle efficace ? Les excès sont à craindre. Heureusement que nos deux héros sont là.

Tome 18 ***Vampires à sang pour sang***, Pierre Meige
Guillaume et Mikajoh ont trouvé un adversaire à leur mesure : le comte Dracula. Il continue à perpétrer ses horribles forfaits. Avec le professeur Grost, nos deux héros plongent dans le milieu du showbiz et le Paris bobo branché vampires...

Tome 19 ***Le mystère d'Horus***, Viviane Campomar
Passer un week-end culturel à Figeac est une aubaine pour Guillaume. Promenade dans des ruelles très étroites bordées de maisons médiévales. "Quel coupe-gorge, ce passage ! Tu ne trouves pas, Mikajoh ?" Guillaume ne croyait pas si bien dire !

Tome 20 ***Opération Renard noir***, Valéry Le Bonnec
Après avoir commandité une enquête sur la disparition de son grand-père soixante-dix ans plutôt, l'homme est kidnappé sous les yeux du détective. Il n'en faut pas plus à Guillaume et à Mikajoh pour rejoindre Lyon où ils poursuivront leur enquête.

Tome 21 ***Enquête autour d'un mariage bio***, Philippe Gourdin
Nos héros sont invités à un mariage original dans cette magnifique région de Chartres. Tout doit être bio : produits, repas, transport en calèche, vêtements ; même la robe de la mariée est prévue en chocolat. Pourtant, un corbeau prétend que tout ne sera pas bio...

Tome 22 ***La dame blanche***, Frédéric Jost
Le chemin de terre s'est terminé au sommet d'une falaise dominant l'Yonne. Les deux malfrats ont poussé Guillaume Delange jusqu'au bord du précipice pour qu'il fasse un magnifique saut de l'ange. Très drôle ! Comment va-t-il se sortir de ce mauvais pas ?

Tome 23 ***Mortelle cavale***, Gérard Hubert-Richou
Il était très sympa ce haras. Pourtant, le cheval de concours de Magali a disparu. Jojo, le palefrenier, a une attitude plutôt bizarre. Guillaume et Mikajoh mènent l'enquête. Ils ne se doutent pas que celle-ci les mènera à un drame épouvantable...

Tome 24 ***Le secret de la roue bras de fer***, Jacques Bullot
Guillaume hérite d'un moulin à eau en Touraine et suivant l'usage, il devient Maître Guillaume. Mikajoh trouve une anomalie dans ce moulin qui fera découvrir à nos deux héros un mystérieux souterrain plein d'embûches et de mystères?

Tome 25 ***Les disparus de Manhattan***, Nadine Najman
L'autopsie du cadavre d'une adolescente retrouvé dans l'East River, il y a quatorze ans, a révélé qu'elle a donné naissance à un enfant juste avant son décès. Qu'est devenu cet enfant ? Pourquoi est-elle morte ? L'enquête ne sera pas des plus simples.

Tome 26 ***Une croisière à haut risque***, Laly Chame
Les passagers du Da Vinci effectuant une croisière sur le Nil sont victimes de nombreux vols. Guillaume et Mikajoh enquêtent afin de découvrir le pickpocket. La poursuite des coupables leur fera découvrir un trésor archéologique inestimable.

Tome 27 ***Sur la braderie des Ch'tis***, Pierre Zylawski
À la Braderie de Lille, Guillaume, Lorette et Mikajoh aident Francis, un pur Ch'ti, à vendre une collection de voitures miniatures anciennes, en particulier, un superbe cabriolet Rolls Royce Silver Ghost. Mais certains chineurs ne sont pas toujours honnêtes.

Tome 28 ***Les bijoux de la Croisette***, Mariève Daumal
Nos héros sont invités au Festival de Cannes. Lorette est ravie car elle va pouvoir approcher ses vedettes favorites. Une superbe émeraude portée par une star est volée. Guillaume mène l'enquête mais retrouver l'émeraude et le voleur ne sera pas évident.

Tome 29 ***La bande des toits***, Clara Bonnel
Partir à la recherche de témoignages du passé n'était pas pour déplaire à Guillaume et à Mikajoh. Cette quête les conduira dans un univers inattendu : les toits de Paris. Qui se cache derrière ces cheminées ou dans ces soupentes délabrées ?

Tome 30 ***Sur les traces du Graoully***, Isabelle Haury
L'ombre d'une créature mystérieuse plane sur la disparition d'un archéologue. Cette enquête aussi étrange que complexe va mettre leurs nerfs à rude épreuve. Elle les entraîne au cœur de l'histoire et des secrets de la ville de Metz.

Tome 31 ***Les quatre frères Daymon***, Jean-Claude Czmara
Au cœur des Ardennes, quatre chevaux réputés se volatilisent. Étrangement, aucune rançon n'est réclamée. Cette enquête de Guillaume Delange et Mikajoh va les entraîner jusqu'à une ancienne abbaye où d'inquiétants personnages mènent des expériences diaboliques.

Tome 32 ***En quête de contrefaçons***, Andrea Waguener
Dans un étang proche de la forêt d'Orient, le corps d'un homme est retrouvé. Mystérieuse noyade... Il apparaît que la victime avait des doutes sur le comportement de sa femme. Pour couronner le tout, Guillaume est agressé après avoir retrouvé des photos compromettantes.

Tome 33 ***Le mystère de la Tour aux puces,*** Héloïse de Ré
Thionville est en proie à une terrible infestation de puces. Selon un habitant, elle serait l'oeuvre d'une princesse carolingienne revenue à la vie pour se venger d'y avoir péri enfermée ! Une charmante alliée va aider nos deux détectives.

Edition du bout de la rue ©

1, rue Marcelin Berthelot - 92170 Vanves - France
e-mail : contact@editionduboutdelarue.fr
www.editionduboutdelarue.fr
Imprimé en France par ICN
ZI des Saligues 98, rue Louis Rabier 64300 ORTHEZ

Dépôt légal : 2017
N° ISBN : 978-2-37609-021-2
Couverture : **EBDR Comm'**
Graphisme : **Mariève Daumal**